中学時代、バスケットボール部の仲間と。
前列左・ゆかり。

中学時代、友人と。

高校時代。

名古屋市の真宗の寺にて父と。

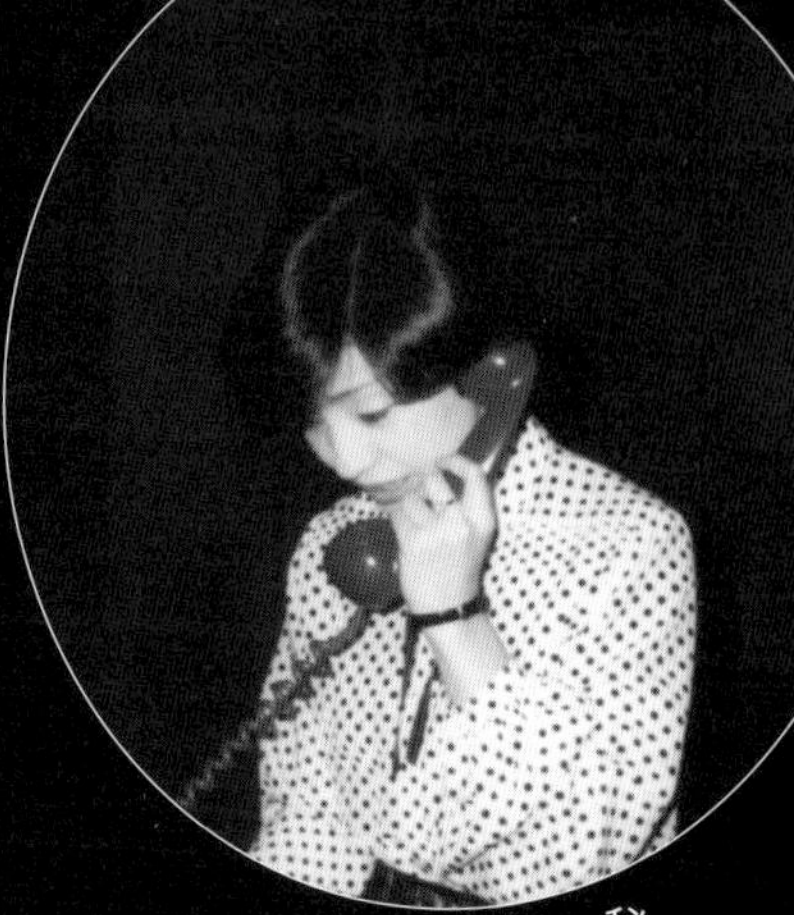

一九八〇年、中部日本放送秘書部勤務時代。

アメリカ東海岸デラウェア海岸へ、川野里子一家と旅行。

ワシントン DC ポトマック河畔の桜。

長女直子（５歳）と次女明子（３歳）。

8歳年長の夫・横井風児。

メリーランド州ボルチモア郊外のアパートメント。

ワシントン DC モニュメントにて。

愛猫たますけ。

直子が通ったウェルウッド小学校。

ゆかり５３歳の誕生日に北海道ノーザンホースパークにて。直子（左）２３歳、明子（右）２０歳。

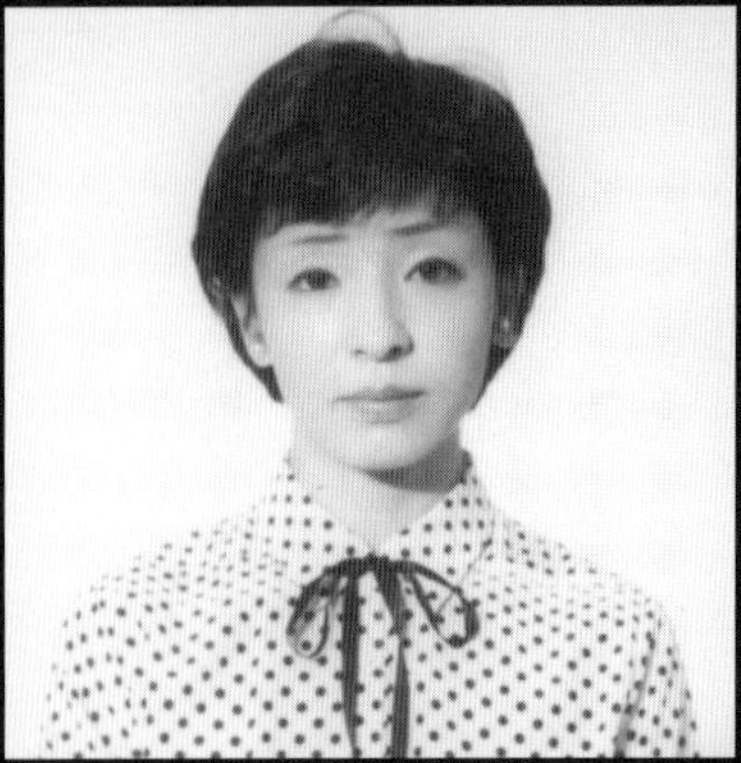

コスモス入会当時、２２歳。

フェスティバル in 福岡にて竹山広と。

2010 年、同人誌「桟橋」の恒例の一泊歌会。右から松尾祥子、大松達知、ゆかり、水上比呂美、水上芙季。

1982 年コスモス結社内新人賞・桐の花賞授賞式。左から宮柊二、葛原繁、ゆかり。

1999 年 NHK 歌壇進行役。左から髙瀬一誌、河野裕子、ゆかり。

筑紫歌壇賞シンポジウム。左から山埜井喜美枝、伊藤一彦。

2000 年、NHK・BS 小倉百人一首を探る京都の旅にて。作家の村松友視と。

2006 年迢空賞受賞。左からゆかり、岩田正、後藤比奈夫（俳人）。

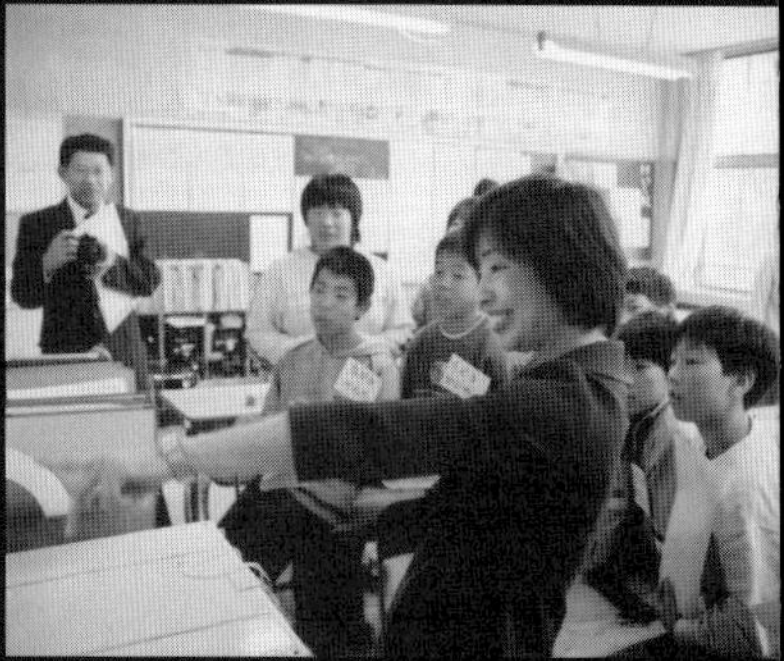

2004 ～ 2006 年山形県内の小・中・高校訪問。

2011 年、若山牧水賞授賞式にて。左から馬場あき子、ゆかり、坂井修一、伊藤一彦。

2006 年夏、雑誌「和楽」「奈良を詠む」の企画。小島なおと。

2007 年、「小島ゆかり先生と行く隠岐の旅」にて。海士町隠岐神社の宮柊二歌碑の前にて。

小島ゆかり
シリーズ牧水賞の歌人たち Vol.6

シリーズ牧水賞の歌人たち Vol.6

小島ゆかり

CONTENTS

秋晴れに子を負ふのみのみづからをふと笑ふそして心底《しんそこ》わらふ
大鍋に湯はゆらぎつつ通夜の夜を歓喜《くわんぎ》くわんぎとたぎちくる奇《あや》し
公園の蛇口きーんと光《て》るまひる多毛雲《たもううん》湧く無毛雲《むもううん》湧く
今日の日はおほよそよろしよろしさをふくらませつつとろろ芋擂る
方位感なくて自由の人われは遠回りしてどこへでもゆく

監修　伊藤一彦
編集　大松達知

表1、表4、8ページ、本扉、中扉、目次、インタビュー写真＝撮影：永田淳
アルバム写真＝提供：小島ゆかり

牧水賞の歌人たち Vol.6

小島ゆかり

底に流れる人間愛

Essay●山口　仲美
Nakami Yamaguchi

わたしは、日本語の研究者であり、おおよそ歌とは無縁の人間。日本語の特質である擬音語・擬態語を研究対象にしています。擬音語・擬態語とは、「がさっ」「ぎらり」「ざっくり」「きらきら」などの感性に訴えかける言葉ですね。こういう言葉をうまく使うと、実にいい短歌や俳句ができる。わたしは、短歌や俳句で効果的に使われた擬音語・擬態語を調査したことがあります。すると、小島ゆかりという歌人の詠んだ歌に、絶妙な擬音語・擬態語が目立つんです。たとえば、

　月ひと夜ふた夜満ちつつ厨房にむりッむりッとたまねぎ芽吹く

誰にも気づかれないうちに、日を重ねて、たまねぎが力を蓄え、夜中に外皮を突き破って「むりッむりッと」芽吹く。そんな情景が音とともに鮮烈な早送り映像となって読者に迫る。「むりッむりッと」が、利いていますね。

　大鍋に湯はゆらぎつつ通夜の夜を歓喜《くわんぎ》くわんぎとたぎちくる奇《あや》し

通夜の夜、人々が故人を偲んでいる。そばで大鍋の湯が沸いている。その音はどう聞いても「歓喜くわんぎ」と聞こえる。変ね、お通夜なのよといぶかる気持ちが前面に出ているけれど、「歓喜

くわんぎ」という擬音語から、故人の大往生をむしろ祝してあげたい気持ちがにじみ出ている。大鍋の湯の沸き立つ音を「歓喜くわんぎ」と聞く耳は、並ではない。私は、うまい擬音語・擬態語の使い手・小島ゆかりという歌人に会ってみたい、漫然とそう思っていたのです。

それが、ひょんな形で実現しました。「NHK歌壇」からお呼びがかかったのです。私は歌に関してはズブの素人。自慢じゃないけれど、歌なんて一首も詠んだことがない。清少納言の最初の夫、橘則光《たちばなののりみつ》のように、「歌」と聞いてたちまち逃げ出そうと思ったのですが、お相手が小島ゆかりさんだと聞いて、私はすぐに考えを変え、快諾しました。批評なら、何とかなるだろう。当日、私はいそいそとNHKのスタジオに出かけて行きました。小島ゆかりさんとの初対面です。わあ、笑顔が美しい！　小島さんを見た瞬間にそう思いました。涼しげな切れ長の眼、筋の通った鼻、そして何ともいえない愛嬌のある口元。小島さんの詠んだ歌に

あふむけに眠る子の口開《あ》きをればわれさかしまにそこへ吸はるる

という官能的な歌がありますが、なぜかそれを思い出してしまうような、口元でした。笑顔に魅せられつつ、収録が進んでいきます。

応募してきた歌の中から一席、二席、三席をゲストなりに選ばなければならないコーナーになりました。私は、やぶれかぶれの状態で、自分の感性にしたがって好きな歌を三席、二席、一席の順で選び、発表していきました。小島さんがそのあと歌人の目でしっかりと三席、二席、一席を発表してくださる。すると、三席、二席は、「またまた山口さんと重なって」と言いつつ、私と同じ歌を選ぶではないか。私は、びっくりしつつ、考えた。もしかしたら、小島さんと私は感性が似ているのかもしれない。そういえば、二人とも擬音語・擬態語が好きなタイプ。歌人の中には、擬音語・擬態語を嫌いその使用を戒める人もいるけれど、小島さんは、擬音語・擬態語も厭わず、自在に使

っていらっしゃる。私は、この上なく親近感を覚えました。
そのあと、もう一度NHKのスタジオで小島さんと対談をしました。小島さんの明るくユーモアあふれる人柄に私はすっかり魅了されました。そんな人柄を反映して小島さんの歌には、どれも底に人間への愛が流れていることに気づきました。

はまぐりがワハッと笑ひえび踊りねぎが笛吹く寄せ鍋の中

寄せ鍋を囲んで、どれを食べようかわくわくしているお祭り気分が伝わってくる。人を包み込む暖かさのある歌ですね。

ひとつ揺れまたひとつ揺れ白藤の細目する房めつむれる房

藤の花びらを人の目に見立てているところが何ともお茶目。いたずらっ子のように、藤の花房が少し開き、こちらを細目で見ているのもあり、まだ蕾のままで眼をつむっている花房もある。ふふふと、作者の暖かなまなざしに思わず読者は幸せな含み笑いをこぼしてしまう。
わたしは、最近引っ越しました。小島さんの家と同一方向にあります。だから、最近の歌集にある「日乃出湯のえんとつ見えてしばらくは安心感あり車窓風景」をみると、ある、ある、「日乃出湯」の煙突ね、なぜか安心するのよね。まだ、壊されずに煙突がある、いいなあ、なつかしいなあって子供の頃まで思い出して。小島さんと同じ景色を見ていることを知って、ますます小島さんが身近に感じられます。今度は電車の中でお会いできるかもしれないと、私はいつもきょろきょろしてから電車に乗ります。

Profile
やまぐち なかみ 1943年生まれ。日本語学者・エッセイスト。明治大学教授。著書に『犬は「びよ」と鳴いていた』『ちんちん千鳥のなく声は』『日本語の歴史』など多数。エッセイに『中国の蝉は何と鳴く?』

スマイリング・ムーン

Essay●板倉　徹　Toru Itakura

仕事を終えて帰宅途中に夜空をただなんとなく眺めるのが好きだ。月や星たちがさまざまな表情を見せ、いつも疲れた心を和ましてくれる。12月初旬の冬空に三日月、金星と木星が接近する。三日月が口に、金星と木星が両目に見えて、まるで明るい笑顔が夜空に浮かんでいるようである。スマイリング・ムーンと呼ばれているらしい。幸せを呼ぶ月ともいうらしい。私が初めて小島ゆかりさんに出会った印象はまさにスマイリング・ムーンであった。

ある都市での市民公開講座であったように思う。私が「脳を鍛える」という題で講演した。その中で認知症にならないためには、日常生活の中で脳を鍛えることが大切である、と強調した。脳を鍛えるには芸術に親しむこと、特に短歌は脳によいという話をした。ゆかりさんは牧水記念館長の伊藤一彦さんと短歌に関する対談をされ、作歌のテクニックについて熱く語って聴衆をひきつけていた。

講演の前にずいぶん時間があったように記憶している。私たち3人で話が弾んだ。まるで旧くからの友人であるように。その中心にゆかりさんの笑顔があった。控え室でのゆかりさんはスマイリング・ムーンの明るさを周囲に振りまいていた。しかしその笑顔にはちょっとした含羞が漂っていた。底抜けの明るさの奥に、ちょっとしたはにかみが秘められている。伊藤さんは対談の中で、ゆかりさんの歌を紹介しておられた。

憤懣が脚にあらはになりさうで今日は裾長のスカートをはく

明るさの中の恥じらいであろうか。

ゆかりさんの歌の中に「月」に関するものを探してみた。『憂春』の中に「刃こぼれの月」というのがある。

あともどりできぬ時間を子も生きて朝の月に刃こぼれのあり

「月光公園」にもある。

夜のたたみ月明りして二人子はほのじろき舌見せ合ひ遊ぶ

ゆかりさんの歌を鑑賞しながら、短歌と脳について考えてみた。短歌を詠んでいるときの脳はどうなっているのだろうか。短歌は人生の中での感動を31文字という短い言葉のうちに凝集して表現する。言葉の脳は左である。左の脳は言葉を聞き取ったり話したりするときに働く。左の側頭葉で言葉を理解し、左の前頭葉で言葉を話す。となると言葉を表現する短歌は左脳を使って詠まれるのだろうか。いや、少しちがう。左の脳は論理の脳とも呼ばれ、右脳は芸術との関係が深い。ならば芸術の一種である短歌は右脳と関係が深そうである。

ものごとに関する感動なしに短歌を詠むことはできない。とすると感動の脳を使って作歌するのだろう。感動の脳はどこにあるのだろうか。医学的にはよくわかっていない。喜怒哀楽は「辺縁系」と呼ばれる下等な脳にその主座がある。しかし感動はそんな下等な活動ではない。人間の脳活動の中で、最も高等なものであろう。どうやら頭頂葉に感動の脳はあるらしい。ここには人間にしかない高等な脳があるからである。ここが感動と関係が深い。

右の頭頂葉に傷害があって、感動することが無くなった、という患者さんによく出会う。短歌、俳句や音楽に関して感動しなくなったという人は、いつも右の頭頂葉に病変がある。

短歌はどうやら右の頭頂葉を使って処理されているらしい。

スマイリング・ムーンのゆかりさんは今日も右の頭頂葉を使いながら、あのすばらしい歌を詠んでいるのだろうか。少し恥らいながら。

Profile
いたくら　とおる　一九四六年生まれ。和歌山県立医科大学理事長・学長。脳神経外科医。著書に『ラジオは脳にきく』『「冬のソナタ」に学ぶ脳の不思議』など多数。

山鳩鳴けり　小島ゆかりの声

Essay ●辻原　登 Noboru Tsujihara

夢さめてまた夢を見しあかときのねむりの外を山鳩鳴けり　　（『折からの雨』）

駆け出しの散文作歌は、右のような歌が、ひとりの人間の頭から出てくる不思議にまず釘付けになる。

言葉を表現の手段とも目的ともしているにもかかわらず、散文・小説と詩歌とは、めくるめくような深淵で隔てられていると思えるのはなぜか。

散文が歌へと変貌する契機は何か、あるいは歌が散文へと……。

『源氏物語』は歌と散文から成っている。散文から歌へ、歌から散文へ、自在に往還がなされているのはなぜか。

声に支えられているからだろう。

声を失うことによって成立した近代の散文は客観を、つまり自由を獲得したようにみえるが、信じることはできない。錯覚だ。

思考は声につなぎとめられているかぎり、美しい。声はリズムであり、旋律であり、肉体という天与の形式の中にある。

野《の》風《ふん》道《だう》は好き放題に生くるひと野をゆく風のにほひするひと

五・七・五・七・七が、格子に編まれた我々の肉体で、声はこの肉より出ずる。あるいは、この肉からのみ生まれる。

小島ゆかりの歌は、まず観念され、計画され、次に実行される、というふうには作られていない。歌人の前に、最早、すでに、その姿で立ちあらわれてくる、というふうにみえる。『幸福論』のアランが上手く言っている。

観念は、制作の進行とともにかれ（画家）にやってくる。絵を見る人の場合と同じで観念は後からやってくるといったほうが正確かもしれない。（略）その点について、音楽こそは最良の証人だ。音楽には想像することと作ることとの区別がなく、考えるには歌わなければならないのだから。

そうだ、小島ゆかりの「歌」は声とともにやってくる。生粋の歌人だ。

小島ゆかりは肉声のきれいな女《ひと》だ。

僕が小島さんと初めて会ったのは八年前、平成十五年の八月のある日、鎌倉だった。僕と長谷川櫂氏は東海大学の文芸創作学科で教えているが、長谷川氏の発案で、学生たちに連句の面白さを教えてやろう、まず僕たちが率先して歌仙を巻こうではないかということになった。

僕は巻いたことがない。長谷川氏にすべて委ねた。彼が小島ゆかりさんを連衆として招いた。場所は鎌倉文学館だった。

僕はまず初対面の小島さんの声の芳気にうっとりとなった。そう、芳気、香気としかいいようがない。

僕は、父方の従姉の関祥子《しょうこ》を亡くしたばかりだった。長くコスモス短歌会に属していたので、や

はりコスモスの歌人小島さんに、

「関祥子をごぞんじですか」

と尋ねると、

「まあ!」「僕の従姉なんです」「まあ!」

ふたつの「まあ!」にはすばらしい響きがあった。驚きと愛惜と敬意のみごとなハーモニーだ。帰りの江ノ電の車内でのことだが、以来、僕はひそかに、小島ゆかりの「まあ!」と呼んで、彼女と会うたびに、どんな「まあ!」を聞かせてもらおうか話柄を考え、策を練る。みなさんも一度聞いてごらんなさい。それは素晴しいものですから。


鎌倉三吟歌仙の初折の表発句は小島さんで、

　夏雲や石よりしろき石の影　ゆかり
脇　昼顔のごと横切る人あり　登
第三　浦々は鰹の漁もはやすみて　櫂

むろん、昼顔は小島さんで、ブニュエルの『昼顔』のカトリーヌ・ドヌーヴだ。これで小島ゆかりの声だけでなく、容貌も紹介したことになる。

三十六句が巻き上がるまで約五時間。小島ゆかりの歌と声を堪能した。

Profile
つじはら　のぼる　1945年生まれ。作家。東海大学教授。著書に『遊動亭円木』『ジャスミン』『花はさくら木』など多数。

小島ゆかり代表歌三〇〇首

大松達知選

『水陽炎』35首

藍青《らんじやう》の天《そら》のふかみに昨夜《よべ》切りし爪の形の月浮かびをり

冬日中透きてしづまる街川にZABUNと我を落としてみたし

所在なく君を待ちゐて驚きぬ永遠《とは》のごとくに愛を思ひをり

風中に待つとき樹より淋しくて蓑虫にでもなつてしまはう

硝子窓の隔つる夜の紺ゆるび君より早く雪が来にけり

夜の更けの電話に君が呼吸音間近く聞こえわつと愛《かな》しき

ああ我を支へ得るもの君にあらずわれ自らと思ひて眠る

悲傷すら分析しつつゐるわれと気づきたるとき涙こぼれつ

渡らねば明日へは行けぬ暗緑のこの河深きかなしみの河

闇に入《い》りてさらなる闇を追ふごとき鳥いつよりかわが裡に棲む

まだ暗き暁まへをあさがほはしづかに紺の泉を展く

陽の中の麦藁帽子――愛などと思はず人に愛されし日よ

自動扉《ドア》しづかに過ぎて歩むときわれ易やすと生きゐるごとし

杳《とほ》い杳いかのゆふぐれのにほひしてもう似合はない菫色のスカーフ

髣《ほの》かにも今は見え来つ歳月が運び去るもの運びくるもの

秋霖《あきづゆ》の地上へ出でて傘をさす人ひとりづつ貌《かほ》を失くせり

われにのみ無防備となる君ありて妻なることもなかなかに楽し

人界《じんかい》の灯に照らされて夜の桐くちなはいろの幹光るかな

花を挿すグラス曇りてわが内に昏く発酵する言葉あり

猫のひげ銀に光りて春昼《しゆんちう》のひとりの思ひ秘密めきたる

ひとり来て川を覗けば尾のごとくしづかに垂れてわが冬の影

寂けさの透くばかりなる暁闇《あけぐれ》に湧井《わくゐ》のごとし生きもののこゑ

をはることなき自問自答《モノローグ》　水鳥がみづもに描く水脈の円

さんさんと若葉のはなつ無声音われは二つの内耳灼かるる

花無尽ひるも闇なす身の洞《ほら》にいつまで眠りてゐるやわが子は

かたつぶりゐるを現《うつつ》のあかしとし雨音ふかく蔵《しま》ふあぢさゐ

人の子をかへして暮るるわれの辺に七星瓢虫《ななほしてんたう》そらより降《お》り来《く》

淡白《あはじろ》き水との対話――噴水を囲みてあきの椅子はしづけし

たまきはるいのちのはじめその素《しろ》き炎をひとつ身に点したり

光る種子ひとつをしづめ日溜りにわれは眠れる水壺《すいこ》となれり

みなかみの水陽炎《みづかげろふ》のはるけさに母となるべき九月はありぬ

日照雨《ひでりあめ》天界のごとき明るさに降りつつまれて産月に入る

消灯ののちも茶房の真中に歩めざるゆゑゴムの木はあり

みどりごはまだわれのもの　風の日の外出《そとで》にあかき帽子をかぶす

子と入らん未来のあをさ月光《つきかげ》に乳《ち》の匂ひあるブラウスを干す

『月光公園』40首

水流にさくら零《ふ》る日よ魚の見るさくらはいかに美しからん

子供と子供すれちがふときまたたかぬ魚の眼をもて見合ふしばらく

箱詰めの卵の数をかぞふるに七つ目あたりにてわからなくなる

みどりごは女童《めわらは》となり笑《ゑま》ひせり母は少しく老いてかたへに

めぐるめぐる回転木馬　似たやうな子が似たやうな母に手を振る

メリーゴーランド百年めぐり母たちは百年手を振る　春の遊園

虻一つつとひるがほの花に入り出で来るまでを耳こそばゆし

子のねむり遠浅なして永きひるゆるやかに夏の分針めぐる

いましばし言葉をもたぬをさなごに青き樹のこゑ洌《きよ》き水のこゑ

柿の朱は不思議なる色あをぞらに冷たく卓にあたたかく見ゆ

見ゆるもの見えざるもののあはひにてかすか伸びゆく、子の髪や爪

七曜はまた七様の夜と昼〈不思議の国〉のこどもと暮らす

聖母像よごれて佇てり少しづつわが子をわれに似しむる怖れ

上向くはうつむくよりも美しく秋陽の中に葡萄もぐ人

秋晴れに子を負ふのみのみづからをふと笑ふそして心底《しんそこ》わらふ

砂の公園みづの公園ゆふぐれてのち影の棲む月光公園《げつくわうこうゑん》

つきかげに濡れし遊具ら招《よ》ぶなれば影ひとひらのわれは近づく

秋霊はひそと来てをり晨《あした》ひらく冷蔵庫の白き卵のかげに

時かけて林檎一個を剝きをはり生《き》のたましひのあらはとなれり

日輪のしろささみしさ春空へ金管楽器水仙鳴れり

夕闇のショウペン・ハウエルそつと来て幼子のひかる膝を冒せり

きのふとはちがふ瞳のいろをして子よ夕暮れの楽隊を見たか

夜のたたみ月明りして二人子はほのじろき舌見せ合ひ遊ぶ

ぶだう食む夜の深宇宙ふたり子の四つぶのまなこ瞬きまたたく

まだすこしこの世やさしく虹あれば人々出でて虹を見るなり

団栗はまあるい実だよ樫の実は帽子があるよ大事なことだよ

墓群のそよがぬ林出でんとしわれにゆうらり女《め》のかたちある

五十日われに宿りし螢子《ほたるご》はけふ一滴の死者となりたり

薬包紙ちひさき帽のかたちしてぼろぼろ指が脆くてならぬ

砂時計、からたちの棘、雛の指いづれを吾子の新墓とせん

石の中に時間眠れり月のした石の中にて亡き子と会はん

花冷えの夜の冷蔵庫熱もつをふと白鯨のごとくかなしむ

もくれんのわらわら白いゆふぐれは耳も目鼻も落としてしまふ

子供とは球体ならんストローを吸ふときしんと寄り目となりぬ

手につつみ紅茶を飲めり秋ふかき夜を満たすたゆたひの金箔

われのみが覚めてまたたく一室の夜半、空港のやうな窓ある

台風の近づくゆふべ僧院のしづけさにわれは茸煮てをり

秋の日のさびしいひなた　鶏頭が兵隊のやうに並んでゐるよ

叱りゐしわれと泣きゐし子としばし街川にねずみ泳ぐを見たり

ひそかなる恐怖のひとつ閉め際にガラスは強く風の尾を噛む

『ヘブライ暦』40首

エスカレーターの上方の階あかるくてしづかに未知へ向かふ人々

おほぞらに鋏を入れし者ありやこよひ半弧の月鮮しき

覚めぎはに忘れし暁《あけ》の夢ありてひと日覗きぬ見えざる壺を

子をもたぬ阿呆、子をもつ大阿呆　はるは菜種の黄の花ざかり

春、ことに無用の物らなつかしきたとへば耳付花瓶《みみつきくわびん》の耳など

雲踏みてわれは行きたしはつなつの空の奥なる青の画廊へ

雨ふつと止みたるしばし夜を容るるあぢさゐの巨き嚢《ふくろ》おもへり

午後の陽がぱあんと照らす町のそら鯨の裔の飛行船ゆく

ハモニカをふぁんと鳴らしてよその子がわが子のやうなさびしさを見す

梨おもく実れる九月　垂直にしろがねの宇宙飛行士発《た》てり

新しきインクをおろす風の朝　青桔梗あをききやうと声す

子に兆す小鳥の恐怖のやうなもの抱きしむる刹那せつなにおもふ

群衆のやうな落葉がザザ、ザザとゆけりゆふべの西方橋《さいはうばし》を

朝ひらく便箋は菊のしろさにてうつすらとまづわが影を置く

異国の夫をおもふ。

夫を恋ふこころを言はば飯を食ふセーターを着るそのさま見たし

「発音より声が変だよ」"Hello, Hello,"「声はふつうに出せばいいんだよ」

さざなみの寄せては過ぐるまなざしよ　外国人つて君のことだよ

アメリカのはるのあはゆき　言葉よりはじめに黒き髪ありわれに

掃除機をかけつつわれは背後なる冬青空へ吸はれんとせり

アメリカの子らに交じりて遊ぶ子はつね遅れつつ黒眼またたく

ブラインドを下ろしてひとりゐるまひる日本人にあらずアメリカ人にあらず

わがドアへつづく青葉の道濡れてふくろふの瞳《め》の郵便配達夫《メイルマン》来る

蔑《なみ》されてわれ鮮しき　捨てにゆくパインの缶の口のギザギザ

神は人をあるいは人は神を得しゆゑに苦しからんか　雲よ

おそなつの大眠《おほねむ》小眠《こねむ》ねむる間に幼女、少女となりつつ白し

シャツの背が風にふくらむこんな日はなれる気がするコスモポリタン

この国に日本人なる愚かさは秋晴れに持ち歩く蝙蝠傘《かうもり》

アメリカで聴くジョン・レノン海のごとし民族はさびしい船である

干草のにほひするかなパトリシアが躍るアルゼンチンのポルカは

聖金曜日正午のふかき声ごゑはユダヤびとらのシャバット・シャローム*

*よい安息日を（ヘブライ語）

椿見ぬ春はさみしき　うすくうすく紅《べに》さし死ののちも日本人

頭《づ》の上に黒満月を載せてゐるユダヤびとらと昼の食事す

「会話のための英単語一〇〇〇」かなしみを語るにはうすずみの日本語

落葉踏みピミリコロード来る子らはしんと小さき冬の顔もつ

異民族・異人種の上《へ》に美しき雪ふる天の酷薄として

雪おぼろこころの遠《をち》にあかねさすひかりのはるのそらみつやまと

ストローでまはしてごらん透きとほるソーダの中のおまへの空を

去年の秋、フリードマン一家と新年の晩さんを共にした。
死を囲むやうにランプの火を囲みヘブライ暦《れき》は秋にはじまる
かならず日本に死なずともよし絵葉書のランプに今宵わが火を入れぬ
ひめやかに言葉の裏もしめりゐる日本歳時記秋の部にをり

『獅子座流星群』40首

青日傘さして白昼《まひる》の苑にゐし女あやめとなりて出で来ず
ありてなき合歓のくれなゐ　ちちははの夢ひとつづつわれが消したり
ぎんなんは木の実時間《とき》の実　遊星のやうに子供が公孫樹をまはる
方位感なきわたくしは地図にないポストや犬や公孫樹を愛す
巻き舌で隣りの犬を呼ぶ声は問題の帰国子女なるわが子
子には子の電車来るべし「白菜の内側でお待ち下さい」と言ふ

ぽんかんを頭の上にのせてみるすつかり疲れてしまつた今日は

母を忘れつづけて生きてけふ会へば母はガーゼのマスクしてをり

窓拭きの人去りしのちその人の指紋のやうな昼の月見ゆ

あさのゆきゆるびつつふるひるのゆき眼のなき埴輪乙女は老いず

真夜中にかならず菓子を食べるゆゑ強く正しき女になれず

傘雨忌《さんうき》*の青葉のあめは眼鏡店のめがねを濡らすことなく過ぎぬ

*久保田万太郎忌

かたつむりの殻右巻きに右巻きにわたしはねむくなるゐなくなる

もうなにもしなくていいよイチモンジセセリおまへは死んだのだから

どんぶりに顔を呑まれて下の子がうどんを食べる、食べるよろこび

白《しろ》湯気に鼻けぶらせて上の子がうどんを食べる、食べるかなしみ

春の夜の豆腐をつつむ手の齢この手のほかの手をもたざりき

アトランタを走《ロバ選手》り走りてエチオピアのマラソン選手は故郷をめざす

かぎろひの日米半導体協議つゆかかはらず鶏頭われは

わたくしがいよいよわからなくなりて　四十歳の朝の雁来紅《かまつか》

マンモスもペリカンも来よからつぽのプールのやうな秋のこころに

川原に蜻蛉《せいれい》きらりきらりゐて思ひのほかの人生のこと

ひかりあるこの世に顔をもつ孤独　帽子を被るゴッホの自画像

雨の日の男傘女傘よ　傘さして人はどこかへ行かねばならぬ

鐘りんごん林檎ぎんごん霜の夜は林檎のなかに鐘が鳴るなり

わり算の予習復習割つて割つて子らはどんどん小さくなりぬ

流出しやまぬ重油はこの夜のシーツ侵さんしろき封書侵さん

熱ひきてからだ平たく眠る夜を思ひ出づるどの死者もあふむけ

おしよせて来しかなしみはざくざくざんざくざくざんとキャベツを切りぬ

銀河ぐらりと傾く霜夜うめぼしの中に一個のしんじつがある

トゥパク・アマルその聞きがたき音韻を聞き慣れて聞き棄つる恐ろし

われにふかき睡魔は来たるひとりづつ雛《ひ》人《な》形を醒まして飾り終ふれば

身勝手なる男の論理言ふ夫がだしぬけに愛の言葉も言へり

少年よ、ああその頭《かうべ》めちやくちやに撫でて抱き締めてやりたしわれは

そんなにいい子でなくていいからそのままでいいからおまへのままがいいから

鶺鴒のはつときらめく夏の意思　女ゆゑときに急流へ飛べ

りりと鳴きりんりんと鳴き鈴虫は堪へかねて今宵りうりうと鳴く
だれもだれも鞄を持ちて行くなかの手ぶらの一人やがて翔ぶべし
あかつきを醒めておもへば白鳥は白湯《さゆ》のにほひの息吐くらんか
寒夜空ぼおつと燃えて過ぎたるは獅子座流星群または性愛

『希望』40首

望《もち》の月真上にあればうつとりと尻尾を出せりネズミモチの木
月ひと夜ふた夜満ちつつ厨房にむりッむりッとたまねぎ芽吹く
尖鋭も愚直もなにか女にはふさはしからず横坐りする
砂塵立つまひるの路地の先見えず見えざる方へ歩みゆくなり
抱くこともうなくなりし少女子《をとめご》を日にいくたびか眼差しに抱く

わたくしのほかなる生を知らざれば壺の内より見る大銀河

思春期はものおもふ春　靴下の丈を上げたり下げたりしをり

夕飯《ゆふはん》を食べつつ叱ることわびし子はじやがいもを突き崩しをり

二重瞼にあくがれわれを責めやまぬ娘らよ眼《め》は見るためにある

一閃光つばめ過ぎたり埋立地舞浜は路地も路地裏もなき

はるかなる〈O《オー》〉の祈りを聴かんとすO《オー》の口開《あ》く土偶のをんな

温水《ぬるみづ》の田螺おそるべし藻を食みてじつと交《つる》みてぞくぞくと殖ゆ

世を棄てし寒さと棄てぬ寒さあり新宿西口地下道を行く

夜に聴けば矢振間川《やぶるまがは》の川の音《と》の魚野川《うをのがは》に注ぐおときこゆ　宮柊二

夕靄にふかくしづみて水見えぬ魚野川《うをのがは》のみづの音する

否応もなく女にて喪の夜も厨に足首寒くはたらく

大鍋に湯はゆらぎつつ通夜の夜を歓喜《くわんぎ》くわんぎとたぎちくる奇《あや》し

愛はしかし疲れますねと夕雲の鰐の家族が歯を鳴らしをる

祖母の背と母の背似るをさびしめるわれをうしろから誰か見てをり

上階に深夜のわらひ　ひとたびは大笑ひするイエスを見たし

さうぢやない　心に叫び中年の体重をかけて子の頬打てり

一昼夜、無言ののちに顔上げて「ごめんなさい」と言へり十二歳

殺し屋の〈黒柘榴《くろざくろ》〉夢にあらはれて「今すぐ楽にしてやる」と言ふ

われにまだできることもうできぬこと〈行先ボタン〉ひとつだけ押す

希望ありかつては虹を待つ空にいまはその虹消えたる空に

賢明の石となるより迷妄のまひまひとなれ一生ゆたけし

長身の医師は白樺でありしこと麻酔にしづむ際《きは》にわが見つ

読まず書かずましてやものを思はねば頭の中をとんぼ出で入る

転びたるはづみに深く呼吸してからだの中も秋になりたり

四十代は底なし沼の邃《ふか》さにて鶴より亀を飼ふこころざし

寄せ鍋の泡ぶく立つた煮え立つた　この世のことはごちやごちやとする

はまぐりがワハッと笑ひえび踊りねぎが笛吹く寄せ鍋の中

怒り心頭に発したるときなにゆゑか鴫を思ひてほのぼのとせり

ロングシュートすわつと決まり少年にいま新緑の樹がゆれたるか

男の子のからだ女の子のからだ幹のやうな茎のやうな十代前期

痛む胃の芯へ芯へとこの夜の世界凝縮されつつ一人

体温計、腋にはさみてしんとゐる三分間は朱鷺のごとしも

どこにでもゐるやうなわが二人子がどこにもをらぬときうろたへぬ

生者みなあやまたずそこへ行き着けと喪の家までの指印あり

いのちとは未生の無から死後の無へわたる吊橋　ぐらぐらとせり

膝をふかく胸に折り曲げたましひを落とさぬやうに水より上がる

『エトピリカ』30首

まひるまのひかりひとすぢ連翹をくぐりて金の蜂となりたり

液晶の画面に記す「草臥《くたび》れる」その字のごとき疲れもう無し

曇り日のけふは無口に過しつつ夜《よる》更けてひとり鋏を使ふ

あざらしのやうに湿つた夜が来る　ぼおむ、しゆつしゆつ　また雨季が来る

母であることは途中でやめられず毎朝五時に弁当作る

ハイウェイの左右に街は見えながら時間はつねに真後ろへ過ぐ

琉球の踊り見て呑む泡盛は南の火かも火かも燃えたり

なにゆゑに自販機となり夜の街に立つてゐるのか使徒十二人

もの言はぬわが眼のなかのどしやぶりを君は見るなり眼を見る君は

雌鳥《めんどり》のやうに朝からよく怒《おこ》る登校班のをばさんわれは

東西線地上へ出でてぱかーんと臨海地区の栓が抜けたり

後ろには時間、前には空間あり　一分間の信号待ちす

娘らは魔女にあらぬを玄関に黒ブーツ二足脱がれてゐたる

あさぞらの風ゆたかなるなかに聴く君のこゑ　否、あれは樹のこゑ

かたはらにつね在るものをわれいまだ電話器の声聴きしことなし

くしやみして貂《てん》の顔なり冬の夜のこんもりふかき独りの時間

寒しじみ手づかみにして思ふかな砂と水あるいのちの場所を

途方もなきその夢あきらむるまでの泥の時間を妻われは知る

雲ばかり見て　この人はまたどこか遠くへ行つてしまふ気がする

臘梅の南《な》無《む》南《な》無《む》南《な》無《む》と花増えて今日あたたかききさらぎの雨

叫びつつ怒る男をだれも見てだれも見ず午後の快速電車

こんにやくはなにゆゑかものを思はしむたとへば見えぬたましひのこと

ふかぶかと覗きたるのちわが顔の面いちまいが井戸に蔵はる

あへて深くものを思はぬこのごろのわれはバナナの感じに近し

右左対称《シンメトリー》なる肉体は歩きても歩きても秋の真ん中に出づ

霜月の銀河晴天　石蹴ってこころこつんと鳴ることのある

あたらしき世紀間近しかならずやわが死の日ある二十一世紀

鉄板に牛脂溶けつつあ・あ・あ・あと夜が濃くなるわれが濃くなる

電車待つ武蔵野線の小駅に後半生の日傘をひらく

ぎいと開く裏木戸なくて内外《うちそと》のどこからわたしであるかわからぬ

『**憂春**』25首

山陰の茶房にすわるひとときを対き合へば人はこんなに近し

梅サワー飲みてよろこぶ内臓の位置関係はくはしく知らず

あまりにも多くの人と会ひすぎた今日の寝顔は怖ろしからん

銀杏ちるひと葉ひと葉の独楽まはりくるくると前世来世がまはる

杢蔵や妻恋しくてほうやれほうヤレホッヤレホッよく働けり

深海松《ふかみる》の深めし汝れを俣海松《またみる》のまた偲びつつ哭《ね》のみし泣かゆ

恋しくて鴉になりし老がらす杢蔵がらす　おこぉーっ　と啼けり

走り来て赤信号で止まるとき時間だけ先に行つてしまへり

ぎんがみを手はたたみつつ霜の夜をぎんがみのこゑ小さくなりぬ

ある日なにもかも投げ出して逃げたなら大急ぎにて戻るであらう

歳晩の鍋を囲みて男らは雄弁なれど猫舌である

今しがた落ちし椿を感じつつ落ちぬ椿のぢつと咲きをり

散る花の数おびただしこの世にてわたしが洗ふ皿の数ほど

娘らを怒りしのちはしづしづとドイツの寡婦のやうに食事す

みかん剝けばみかんの中に十人の老人がゐて軍歌をうたふ

どんなふうに生きてもよくてイボオコゼどんなふうに生きてもさびし

地上五センチを行くわれならんローン手続き書類いろいろ鞄にありて

その父を暗黒星雲と陰で呼ぶ娘らはいまだ海鼠を知らず

この町を愛しすぎたる人ならんバス停として今日も立ちをり

らつきようの上に泪のつぶ落ちてらつきようは泣くわたしのごとし

爆撃のテレビニュースに驚かず蜘蛛におどろく朝の家族は

憂春の身はしばしばも貝類の砂吐くごときつぶやきをせり

風に飛ぶ帽子よここで待つことを伝へてよ杳《とほ》き少女のわれに

豆飯を炊けばみどりのうすぐもり　籠《こ》もよ　み籠《こ》持ち　木杓子持ちて

かぜのなかに手をひらきたりあまりにも無力なるしかし生きてゐる手を

『ごく自然なる愛』25首

今日の日はおほよそよろしよろしさをふくらませつつとろろ芋擂る

みづからのこゑの木魂を聴くならん語りつつときにめつむる父は

白梅や紅梅やわれにまだとほき死を少しづつ醒ますがに咲く

新しき死者なる祖母はまだ慣れず「草履もて来《こ》」とわれを呼ぶなり

文学部の夏のスロープ驟雨来て三十年後のわれを濡らせり

あんなこと言つた自分がわからない梅雨のゆふべの窓が開《あ》かない

このごろのちぐはぐなわれを思ひつつ夜更けにほそき口笛を吹く

ごめんなさいと言ひしことのみ記憶ある夢は障子のやうに白みぬ

思春期にわがあやしみしもう一人のわれも年古りいたく親しむ

四十代終はらんとしてわれよりも鏡のなかのわれ衰へぬ

若からぬ人なれどなほ若すぎる死者なり白い白い花のなか

大いなるくしやみするたびわたくしの女の情の細りゆくかも

刺す前のナイフのあをきつめたさはこんな感じか秋刀魚を摑む

初夏《はつなつ》のゴーヤチャンプル人生はぎゆつと苦くて娘が泣けり

うやむやにしてやりすごすこと多しうやむやは泥のやうにあたたか

前になり後ろになれどその生の入れ替はるなし娘とわれと

すぐわかるおまへの嘘のやうに咲く胡瓜の花はわが好きな花

台風の夜のこころはなにゆゑか天金の古き書物をひらく

秋天《しうてん》に一脚の椅子置かれありものおもふ神の空席として

スパイシーな娘の料理それよりもショートパンツが大胆すぎる

萩むらにちろちろと赤き花見えてにんげんのみが他《ひと》を疑ふ

不機嫌な夫《をつと》の横にすわるとき革袋めく古妻われは

四十より五十のわたし慎ましくおみくじを読む老眼鏡かけて

手をあぶる火鉢が居間にありしころ父母の手を見きわれの手を見き

糞をする犬をつつめる陽のやうなごく自然なる愛はむづかし

『折からの雨』25首

遊ぶ子に雨承鼻《あまうけばな》のひとりゐて木の葉のしぐれ木の実のあられ

雨承鼻＝上を向いた鼻

埃くさき制服すこし着くづせるこの子に多くよき友がある

日乃出湯のえんとつ見えてしばらくは安心感あり車窓風景

虎豆をうまく煮る母このごろはタイツの上にソックスをはく

われ怒り子は反撃し外は雪　まづ鍋焼きを食べなさい

おみくじの大吉中吉見せ合へる娘らは雨の宮風の宮

雨の宮風の宮＝上方詣で、ここは雨の宮ここは風の宮と賽銭（出費）が嵩むこと

曇りよりまれに陽は差し白鳥とわたしとどちらかが夢の側

臘梅の雨つやつやし何もせずこころ満ちるといふことのあり

娘らの男ともだち出入りしてわたしは遠き草生にすわる

死は一度　梅には梅のはなが咲き　雨の降る日は天気が悪い

雨の降る日は天気が悪い＝わかりきったことを言う雨の諺

揚雲雀すぐ見うしなひ背《せい》低きわれに人よりひろき空あり

雨蛙のちひさきからだ跳びしとき彼にもあらん父母おもふ

をりをりにだまつてふかく猫を抱けり受験生なる下の娘は

下の子のボーイフレンド来るたびにていねいすぎる夫の挨拶

しばらくはお休みしますひんやりと豆腐のなかでねむる眼球

しばしばもわれに虚ろのときありぬうしろにかならず猫が来てゐる

きんもくせいの坂の方から暗みつつでんでんだんだんしいだらでいんい来る

しだらでん＝大雨

ああ雲よ　われよりわれの娘らが齢《よはひ》重ぬることの怖ろし

性格が悪くなるゆゑ家計簿はつけずと言へばうなづく夫は

母はだんだん声の大きな人となり泥つき牛蒡さげて来るなり

折からの雨に娘の肩を抱く背のびをせねば届かぬ肩を

いまごろは赤いビキニを着て泳ぐ娘をおもふキムチ買ひつつ

古新聞くくる紐さへやはらかく結びて役に立たず娘は

夏みかんのなかに小さき祖母が居て涼しいからここへおいでと言へり

影ふたつ西日の壁にあらはれて猫とわたしと形がちがふ

秋晴れに子を負ふのみのみづからをふと笑ふ
そして心《しん》底《そこ》わらふ
『月光公園』

中島敦の小説『光と風と夢』の中にこんな言葉がある。「『大きくなれば解るよ。』と、子供の時分に、よく言い聞かされたものだが、あれは正《まさ》しく嘘であった。自分は何事も益々分らなくなるばっかりだ。……………之は確かに、不安である。しかし又一方、このために、生に対する自分の好奇心が失われないでいることも事実だ」。『宝島』や『ジキル博士とハイド氏』で有名なイギリスの作家スティーヴンソンのサモア島での晩年を描いた小説である。

この歌を作ったときに敦の小説が念頭にあったわけではないが、まさにこういうことである。恋愛も結婚も就職も子育ても、想像どおりの体験は一度もなかったし、それによって何かわかったというよりは、ますますわからなくなったという感覚の方がずっと強い。

ある日、子どもをおんぶしているわたしは、ただそれだけの存在だった。秋晴れのすばらしい青空のもと、わたしはいかにも無力で不自由だったが、それはこれまで経験したことのない、清々しい晴れやかさを伴った感覚でもあった。そのとき心の底から笑いがこみあげてきた。

大鍋に湯はゆらぎつつ通夜の夜を歓喜《くわんぎ》くわんぎとたぎぎちくる奇《あや》し

『希望』

一九九九年の元日に母方の祖父が亡くなった。九十五歳だった。お正月なので、ちょうど孫やひ孫が大勢集まっていたその日、祖父は機嫌よく飲んだり食べたりし、夕方、「疲れたからお風呂に入るよ」と立っていって、そのまま入浴中に逝ってしまった。まことにあっぱれな最期と言うべきだろう。

わたしは小さいころから不思議に思っていた。人が亡くなって悲しいはずのお通夜の夜、女たちはなぜあんなに生き生きとよく働くのか。そして、自分の家でもないのに、なぜあんなにやすやすとお茶を淹れたり煮炊きしたりできるのか。

祖父のお通夜の夜、気がつくとわたしも台所で忙しく働いていた。不思議だと思うひまもなかった。大鍋の中でしだいに煮えたぎってくる湯は、力に満ちてゆわゆわとゆらぎ、鍋の底からはさかんに泡がのぼってくる。それはまるで、生も死も「歓喜《くわんぎ》くわんぎ」と囃し立てるようなにぎやかさだ。「泡ぶく立ったぁー煮え立ったぁー」。子どものころ歌った歌が遠くから聞こえた気がした。

公園の蛇口きーんと光《て》るまひる多《た》毛《もう》雲《うん》湧く無《む》毛《もう》雲《うん》湧く

『エトピリカ』

雲には、巻雲・高層雲・積乱雲など十種類の基本形があり、多くの〈類〉はまた〈種〉に分類される。鉤状雲・房状雲・霧状雲など十四種類。そしてその中に、「多毛雲」と「無毛雲」という変てこな名前の種がある。「多毛雲」は、頭部が繊維状筋状になった、乱れた頭髪のような毛羽立った感じ。「無毛雲」は、頭部のこぶが乱れはじめながらまだ毛羽立つまでには至っていない感じ。どちらも積乱雲。

いくら雲好きのわたしでも、空を眺めながらいつも雲の名前が思い浮かぶわけではないが、六月の蒸し暑い日だったせいか、このとき突然、妙に生々しい雲の名前を思い出した。「多毛雲」「無毛雲」——まるで毛深い人と毛の薄い人のようで興味深い。そういえば、木はむかし天地の毛であり、その毛が雨を吸い込み、また水蒸気が空へのぼって毛深い雲が湧き、さらに「毛雨《けあめ》」という雨も降る。獣にも人間にも毛がいっぱい。そう思うと、気象現象も生物の姿も、神秘的でわくわくする。

今日の日はおほよそよろしさをふくらませつつとろろ芋擂る　『ごく自然なる愛』

とろろ芋を擂る歌だけれど、大事なのは「おほよそよろし」の気分である。生きていると、実にいろいろなことが起こる。「ひえー」とか「うー」とか「……」とか、声ならぬ声を発しているうち、人生の時間はどんどん進んでゆく。そんななかで、ときどきやって来る「おほよそよろし」い日。そのよろしい気分をふくよかに心にもちながら、とろろ芋を擂ったりするのである。

「おほよそ」は漢字で書けば「凡」、つまり、ほぼ・おおかた・まあまあ、のニュアンス。「よろし」も「よし」よりゆるやかな感じ。「いささかよろし」では、擂粉木を持つ手に力が足りず、「またなくよし」となると、力余ってとろろに粘りが出すぎる。とりわけというほどではないながら、慎ましくこっくりとした幸福感を味わうのはやはり「おほよそよろし」の日なのだ。

なにげなくめくっていた枕詞の辞典で、〈白雲の〉が「竜田の山、たえにし妹」などと並んで「おほよそ」にも掛かることを発見。大好きな雲と「おほよそ」の意外な縁《えにし》、これは嬉しい。

自歌自注

方位感なくて自由の人われは遠回りしてどこへでもゆく

『折からの雨』

自分の方向音痴ぶりには自分でも驚く。駅やビルの中の女性トイレに入り、外へ出るつもりで男性トイレに入って行ってしまったり、目的の建物を真正面にして人に尋ねていたり。わが娘たちはそんな母親でさんざん苦い思いをしているので、どちらへ曲がるか迷ったときには、わたしの意見を確認した上で、「じゃあこっちだ」とばかりそれと違う方へ曲がるのである。

脳の専門家のお話しでは、女性に方向音痴の人が多いのはどうも脳の中の海馬の働かせ方に関係があるらしい。海馬というのは実は脳の左右に二つあり、地図を読むとき、男性は二つの海馬を使って、道順と東西南北を同時に認識するのに対して、女性は一つの海馬しか使わない傾向があり、東西南北を認識しないのだという。なるほどと納得するが、知識は得ても方向音痴は治らない。

しかし考えてみると、方向音痴のおかげでわたしはさまざまな未知の空間と出会った。そして、いったん道に迷うと道順も東西南北もわからず、何にも捉われぬ「自由の人」となるのである。

インタビュー
小島ゆかり×伊藤一彦

お母さんはステーション

伊藤　この前、小島さんにお会いしたときに朝の五時ぐらいから起きて、娘さんのお弁当づくりを始めるという話を聞いて…

小島　お弁当はつくらない。朝ご飯。

伊藤　ああ、朝ご飯ね。なんかともかく朝は五時ぐらいに起きるということで。

小島　五時半にはもう起きています。

伊藤　すごいたいへんな生活をしているなと思って。ちょっと小島さんの日常生活を最初にお訊きしたいと思います。朝何時ぐらいに起きて、平均的にどう過ごして、何時ぐらいに寝られるか、ちょっとプライバシーにかかわるかもしれないけど。

小島　これがね、自分でもなかなか体力があるなと思うような日常なんですね。

娘たちが大学生活をしているあいだはお弁当も作らなくなったし、まあ朝はそこそこ、普通に八時とか七時半ぐらい起きてたんですよ。ところが上の娘が、よくご存じの小島なおが就職しまして。

身体をぐったことばを

伊藤　どんなお仕事をされているんですか。

小島　ＩＴ関係なんですね。それで六本木からちょっと行ったところまで出かけるので、もう七時過ぎには家を出ます。いまの若い人のお勤めはけっこうたいへんなんですね。それで、まあせめて朝ご飯だけはしっかり食べさせたいという気持ちで、またしても五時半起きの生活が始まりました。

これはもう自分に課していることなんですね。自分を元気づける意味で、前の日がどんなに遅くても、出張があっても、とにかく朝五時半に朝ご飯をつくって、娘二人と三人で朝ご飯を食べるという一日のスタートを大事にしたいなという気持ちがあるんですね。だから朝ご飯はきちんと。けっこういろいろと。寒い時期には豚汁をつくったりとか。

伊藤　ちゃんと栄養を考えて。

小島　朝から野菜鍋をつくったりとか。朝からパンの日は前の日に野菜スープをつくったりとか、朝ごはんのファイトだけは自慢できる。

朝焼けというのが私は大好きなんです。

伊藤　そうか。五時半ぐらいに起きられて支度をされていると、朝焼けが当然見られますね。

小島　そうですね。いまは十二月なのでまだ暗いですが、起きてしばらくたつと朝焼けなんですね。これがやっぱりもう、今日一日の勇気というか、自然人ですね、もうね。縄文人みたい（笑）。

伊藤　僕もお月さまばかり見て歌をつくってないで、今度はちょっと早起きして、朝焼けの歌をつくろうかな（笑）。

小島　前の日がすごく遅くて二、三時間しか寝られないときは、家事一般をやって送り出してから一、二時間仮眠をしたりとかはありますけれども、まあだいたいそんな朝を迎えていますね。

伊藤　素晴らしい母親だな。

小島　いえいえ、そうじゃなくて自分の身体のためにも、何かそのほうがいいような気がして。そしてストレッチをやったりとか。

伊藤　なおさんがいつか、どうして私の母はこんなに元気かなと書いておられたじゃないですか。

小島　はい。まあ元気で、それはちょっと自分でも恥ずかしいほど、なぜか体力があって。

伊藤　それで朝の時間が過ぎると、大学に講義に行かれたり、カルチャーセンターに行かれたり。

小島　日によっていろいろですね。昼間にちょこちょこ出かける用事や仕事がいろいろあります。週のうち何日かは父の介護ホームに行きます。うつ病と認知症があるので、ホームからもらった日常の報告書を持って精神科に投薬のコントロールの指示を受けに行ったりとか、そういうような、ごちゃごちゃといろいろなことを。

伊藤　暮らしというのはまさにごちゃごちゃですよね。それで思い出した。なおさんの書いた文章に「母親はごちゃごちゃという言葉がすごく多い」って。

小島　ははは。わちゃわちゃとかごちゃごちゃ。

伊藤　たしかに日ごろの暮らしってそうですよね。

小島　わちゃわちゃしているんですね。

伊藤　小島さんの場合、それを前向きに受け止めて引き受けてやっておられるところが、元気のもとなんだろうね。

小島　そうですね。娘たちがいつも笑うんです。あるとき私が「お母さんは病気になれないから大事にしなさいよ。なぜなら私はステーションだから」。駅と言えばいいところをふざけて、「ステーション」って言ったら、それがなんか、はやってしまって「お母さんはステーション」になっています。

親のことも、娘のことも、夫のことも、夫の親もちょっと今いけないので、私がすべてのステーションなんですね。私を通ってみんなの生活があるというような感じで、まあ最寄り駅というんですかね。

子どもが小さいときから、お母さんが元気でないといろんなことがよくないだろうと思っていたんです。家事とか子育ては大雑把なんですよ。そういったことをいいかげんにしながら、一番大事な、いつもお母さんが元気でいる、笑っているというところだけは心掛けてきました。

伊藤　いまの若い人の名前というのは、僕の勤めている大学でもそうだし、小島さんが行かれている大学もそうだろうけど、ほとんど、「子」の付かない名前じゃないですか。非常に華やかできらびやかで、簡単に読めないのね。

小島　ええ。

伊藤　でも小島さんのところは、直子《なおこ》さんと明子《あきこ》さんでしょう。うちもね、愛子《あいこ》と倫子《みちこ》と泰子《やすこ》と非常にシンプルなんです。いまでは珍しいんですよね。

小島　珍しい。

伊藤　小島さんは、ご主人と相談して、直子さん、明子さんと名付けられたんですか。

小島　私がある程度候補を出して、それで夫が「まあ、これがいいんじゃない」なんて、漢字なんかも夫に相談してという感じですけど。

　特に女の子でしたから、素直な気持ちと明るい性格というんですか。これがあればたいがいのことは乗り切れるというような感じがあって（笑）それで直子と明子というふうにしました。

　昔は恨まれましたね。だって周囲はマイちゃんとか、ハルカちゃんとか、なんで私だけって感じで。

　ただ最近、娘たちも二十歳を過ぎて、ようやく自分たちの名前を好きになったというか、よかったというふうに言ってくれるので、安堵しています。

伊藤　名が人をあらわすと同時に、人が名をつくっていくという相互作用があるじゃないですか。だから小島さんとこのお嬢さんの直子、明子という名前がだんだんそのようになっていかれる。

小島　いや、どうでしょうね。もっとおしゃれな名前だったら、おしゃれな子になれたかもしれないのに（笑）。

伊藤　下の明子さんのほうは、いま大学生？

小島　東京農業大学の三年生ですね。

伊藤　何を主に勉強しておられるの。

小島　森林工学で、自然が好きなんですね。頻繁に奥多摩とか山に入って、植林とか水質検査とか、植物の育つ状況なんかを調べたりしていますね。

伊藤　明子さんがそういう方面に関心を持たれた、何かきっかけとかはあるんですか。

小島　机に向かうのが好きじゃないということがありますね（笑）。

伊藤　小さいときから自然が好きだったとか。まあ、小島さんもとっても自然のいい歌があるし。

小島　ああ、好きですね。

　家族そろって自然というか動植物、特に動物がほんとうに大好きなんです。

伊藤　森林は動物と植物とがいて成り立っている世界ですよね。

小島　そうですね。やっぱり人間ももとは野生じゃないですか。

　子供が小さい時は最低でも一日に一回は外で遊んでいました。幸いそのころは主婦業に徹していられたので、朝ご飯を食べたらお弁当をつくって、多くの時間を外で過ごす。

　武蔵野の外れでほんとうに自然が多く残っているところで子育てができたので、多くの時間を外で過ごしていました。そういうのは多少影響があるかもしれない。木登りなんか得意ですよ。

伊藤　いまその話を言ったのはね、アメリカにおられた時でも、身の回りの自然、大きな自然に触れることで小島さんは元気をもらっていたんですね。

小島 これはいい経験でしたね。

伊藤 日ごろの生活はもうほんとうにどうなるかわからん、ベッドで泣いていたとか、なんで私はこんな目にあうんだろうかとかね、そういうことがいろいろ書いてあるじゃないですか。

小島 ははは。はい。

伊藤 でもそういうなかで、身の回りの公園のリスに触れるとか、大きな夕焼けを見るとか、そういうものですごく元気をもらっているというのが印象に残っていますね。

小島 うちはいつも計画性がないんです。私も夫も、ほんとに行き当たりばったりで、思い付いたことに突進していっちゃうようなものなので。

伊藤 王さまとかお姫さまに、そういう人が多いんですよ。

小島 じゃあ王さまとお姫さまが結婚したの（笑）。

伊藤 「あとはよきにはからえ」で、あとは家来が心配してくれるという。だから王さまとお姫さまの二人かもしれない。

小島 いや、ずいぶんしょぼくれた。あははは。

まあでも振り返ると、行き当たりばったりだからこそ、いろんな体験ができたなと思いますね。慎重で計画性があったら、こんな面白い人生は送れなかっただろう、と。まわりが仰天するようなことをいろいろやっちゃいましたからね。

伊藤 ご主人は目的があって医学を研究され、そしてアメリカに行かれた。一貫して自分の志を貫こうとされたわけですよね。

小島 そうですね。よその夫だったら、ほんとうに立派な尊敬できる人なんですけど、自分の夫だとちょっと困ったものです。経済観念がまったくないですし、家庭を持った人としての自覚がほんとうにない人ですから。いろんな生活の困難がありますね。

伊藤 若山牧水と通じるところがあるな。

家族をたっぷり愛しているんだけれども、自分の志で家を出て行ってしまうところなんか牧水ですよ。

小島 もし夫に何かしら濁った心があれば絶対にそんな苦労は嫌でしたけど、まあ心のわりにきれいな人なので、しようがなかったかなと思いますけどね。

伊藤 牧水が喜志子さんにプロポーズしたときに、目がきれいだからといって承諾したというけど、目と心のきれいな人は最後、すべてを捨てさせて付いてこさせる力があるんだな。

小島 どうなんですかね（笑）。

父の俳句

伊藤 歌をいくつか持ってきたんですけど、お父さまの介護が現実の生活面では一番たいへんでしょうか。

小島 そうですね。

伊藤 その歌がまたとっても心に響くんです。「認知症のちちは真冬のチューリップ 片手を上げてぱかつと笑ふ」という一首。この比喩が、春のチューリップじゃなくて真冬のチューリップだもんね。

「片手を上げて」という具体的な場面が出てきて「ぱかつと笑ふ」の「ぱかつと」は小島さんならではのオノマトペですよね。

小島 もう認知症なので、これまでの人格とはほんとうに違ってしまっています。ただ、私の体力とか、すぐに前向きになれる気持ちとか、そういうのを授けてくれた両親にはとても感謝しているんですね。

小さいときにほんとうに、もうこれ以上ないぐらいに愛された実感が強くあります。だから、いまは介護自体は、たいへんはたいへんですけども、逆によかったなと思っています。これで辻褄が合うというんですか。愛されたぶんを、返すというか、返すというほど大げさなもんじゃないですけど。

愛されっぱなしではいけないという気持ちがあります。だからそういう点では納得できるし、どんなふうになっても最期まで見届けるのが、やっぱり愛された者のやることだろうと、自分ですごく自然に納得できますね。

伊藤　「片手を上げてぱかつと笑ふ」は、認知症の父の存在そのものに対する肯定じゃないですか。それがなければこういう表現は出てこないですよね。ある意味では感覚的表現ですよね。

その奥に認知症の父の存在を全面的に受容する、それを表現しているこの歌は、非常に印象に残りました。

小島　ありがとうございます。でもやっぱりいろいろプロセスがあって、最初は、「えっ、なんで、なんで？　なんで私の父がどんどんこんな風に壊れていくの？」というような戸惑いはありました。

認知症という知識はありましたけど、やはり目の当たりにしたときの驚きは大きかったですね。大好きな父親でしたから、介護のたいへんさよりも人格が壊れていくその悲しさとか、戦中世代ですし、父なりに一生いろんなことを、越えてきたのだと思います。

すごく頑張って生きてきた一人の、まじめに生きてきたこの人の一代の人生の時間というのは、ほんとうに失われちゃうんだろうかとか、どこに行っちゃうんだろう、こんな赤ちゃんみたいになっちゃってという…何て言うか、受け止めきれないような悲しみがありました。

悲しいけど込みあげてくる愛情を歌に残せる、表現できるというのはすごい幸せだなと思いますね（小島）

伊藤　「〈燃えるゴミ〉の袋にたまる紙オムツわが父はもうだれにも勝てず」という歌がありますね。自分が思っている父は、世の困難を乗り越えてきた立派な仕事をした父なのになぜという気持ちですよね。受け止めるのにはやっぱり時間がかかりますよね。

小島　伊藤さんのずっとなさってきた仕事にだいぶ早い時期からすごく気持ちが行っていました。『老いて歌おう』の歌集も常に読んでいました。老年とか老いを、ある自然な姿として受け止めて、そしてそこにこれまでにはない何か価値を見ていくということを伊藤さんに教えられたし、その作品に教えられた。

もう一つは、前登志夫さんの最後の歌集のなかに、自分がちょっと物忘れしていく姿が描かれていて、それを「われ、かんながら」という言葉で歌っておられるんですよね。「かんながら」なんていう言葉を現代短歌で使った例というのをあまり知らないんです。

その言葉に出合ったときに、それはもう大きな神の意志の下に、大きな何かの力のままにというような意味だろうと感じました。それが前さんの作品のなかでとても豊かに使われていたんですね。

私は特定の神さまはないですけど、それでも人為を超えた、人間の考えるちっぽけなものを超えた、何か大きなものの意、自然の懐みたいなのに抱かれたときに、人間はそうやってぼけていったりとか、死へ近づいていったりするんだなということを感じたんですね。

伊藤　そういう歌もありましたね。「惜しみなく父は忘るる　われのみが思ひ出を食べぶよぶよとをり」これはむしろ、いろんなことを忘れていく父の存在のほうがまっとうであって、いろんなよけいなことを覚えていてとらわれている自分のほうが…

小島　汚らしいみたいな。

伊藤　僕が見ている限りは、こういう介護の歌はないですよね。

そういう父がまさに、翁さび、神さびていくというね。そういうなかでこの生身の自分のほうは、はたして本当に人間らしく生きているのかという疑念ですよね。それを「われのみが思ひ出を食べぶよぶよとをり」と表現しておられる。

この一連で印象に残ったのは、「闇を跳び光をくぐりわが猫よ　ちちのたましひを尾行せよ」なんです。父に対する愛情がなければ、この歌は出てこないですよね。

小島　ありがとうございます。

伊藤　このネコは現実にいるネコでもいいんだけど、「ちちのたましひを尾行せよ」というのは、父はどんな思いでいまさまよっているのか、その父の魂のあとを自分がついていきたいという願いですよね。この「闇を飛び光を」これもすごくいいよね。闇だけじゃないんだな。

抽象的な悲しみとか苦しみに肉体を与えるというのが短歌　（伊藤）

お父さんを、認知症の父ではなくて、一人のそこに存在している父そのものとして、小島さんが歌っておられるということをこの前、講演でしゃべりました。

小島　べたべた歌いたくないとか、変な愛情の垂れ流しになりたくないとかそういう意識がつねにあるので、介護の歌はどうなんだろうって思うんです。でももうね、恥ずかしいですけど込みあげてくるものがいっぱいあって、歌わずにいられないんですよね。

　作品の価値はひとまず置いておいて、この何とも言えない、悲しいけど込みあげてくる愛情を歌に残せる、表現できるというのはすごい幸せだなと思いますね。こちら側の、私の側にいる父がだんだん自然の懐の側へ移っていくというか、そういう姿をきちんと見届けたいという気持ちはありますね。

　そのうち母もそうなるでしょうし。お姑さんも徐々にそうなるでしょう。

伊藤　「桟橋」がこの前、百号が出てね、そのなかの小島さんの歌です。「認知症の父ある日々はそのほかの憂ひごとみな忘れてのどか」これは発想を逆転させた歌ですよね。ほかのいろいろな心配や悩みは…

小島　もうどうでもいいんですね。飛んでいってしまう。

伊藤　それぐらいまあ、逆に言うと、父の介護ということはたいへんで、これは四六時中ですからね。

小島　あらわな命の姿を見ますから、生きていることとか死ぬことのあらわな姿というか、やっぱり食べて出して、健やかに寝るというね。その大事さに比べたら多少の、娘の就職がどうとか、お金が多少足りないとか、そんなことはもうどうでもよくなっちゃうんですよね。

伊藤　たしかにそうなの。でもね、「そのほかの憂ひごとみな忘れてのどか」とはなかなか言えないよ。これはやっぱり小島さんだよね。

小島　伊藤さんもお母さんがご高齢でいらっしゃるから同じだと思うんですけど、認知症の人といると、あるときとてものどかな時間が訪れて、その時間は清らかですね、そんなことがある。

伊藤　印象に残っているのは、「かなしみに肉体ありて星の夜の大草原を疾走したり」。悲しみに肉体があるというところにはっとしましたね。

　悲しみは心も持っているけど、悲しみに肉体があって、その肉体を持った悲しみが、あるいは悲しみという肉体が、星の夜の大草原を走っているという、すごい歌ですよね。

小島　これはすごく実感で、できあがった歌だけ見ると、どちらかというとシュールな領域かと思うんですけど、そのときはほんとうにリアルで、どうしようもないような悲しみに肉体があって。

　私、サバンナとかジャングルとか大草原が好きで、そういうビデオとかを疲れたりするとよく見るんですね。なぜか悲しみに肉体があって、そういうとこを走っているというのをすごくリアルに感じたんですよね。

伊藤　悲しみに肉体があって、喜びに肉体があるというのは小島さんの感覚表現だろうなぁ。

小島　で、なぜか走っているんですよね、私って（笑）。

伊藤　もともと走るのは得意で？

小島　得意じゃないんですけど、運動がすごく好きなので。

伊藤　悲しみとか苦しみとか喜びというのは或る意味で抽象的なものじゃないですか。その抽象的なものに肉体を与えて感覚的に表現するのが小島さんの歌かなと、この歌を見ながら思ったんですよ。

『万葉集』以来、抽象的な悲しみとか苦しみに肉体を与えるというのが、五七五七七の短歌だったのかもしれないけど、小島さんの歌はまさにそうかなと思って。

小島　それはとてもうれしい。一つには、常に行き当たりばったりで歌をつくっているので…

伊藤　行き当たりばったりというのは謙遜しているわけで。

小島　いえいえ。みなさん、こうつくりたいとか、方法論みたいなのをよく書かれていますけど、ほんとうにそれができない。その都度、その都度だから。

伊藤　頭でつくらないということでしょうね。

頭でつくるとやっぱりどこかで理屈っぽいじゃないですか。何て言うのかな、無防備な感じね。批判しようと思えばどこからでも批判できる歌かもしれないけれども、自分の魂から歌っている。

大丈夫だから、大丈夫だから

伊藤　小島さんが受賞したときにね、大岡信さんが「小島さんは精密な感覚器官を持ち、それを使って言葉に置き換える訓練ができている。感覚と言葉のあいだに生活の苦いものが入り込み、『むりッむりッと』少しずつ（中略）短歌の千数百年という長い歴史のなかで、彼女ほど詠めた女性歌人はまだ少ないと思う」とこう書いておられるんですよ。

小島　ええっ！もうそれで今日の対談はおしまい（笑）。

伊藤　実は選考過程で小島さんと小高さんの二人が受賞かどうか大議論だったんですよ。

それまでずっと男性歌人が受賞で、五十～六十代を受賞対象として選考してきたわけですよね。小島さんはあのとき四十五歳ぐらいだったの。

小島　四十代でしたね。

伊藤　だからこれはすごい大議論だったんですよ。小高賢の歌集もいいし、小島ゆかりの歌集もいい。でもずっと男性歌人の流れで来て、まあ牧水は男だからね、やっぱり男性歌人を顕彰するというのもあったんですよね。

でもともかく、小島ゆかりの『希望』という歌集はいいということになりました。もうこれは二冊しかないということで、二人受賞なら賞金がさらに百万円、プラス二人分の旅費、宿泊代がいるので、県の事務局に相談したんです。

小島　大散財ですよね、私のせいで。

伊藤　事務局としばらく相談して、「いや、何とか大丈夫」ということになって。

小島　よかったですよ、あの時期で。いまなら半分ですかね。

伊藤　小島さん、小高さんのときに臨時予算を組んだわけですよね、プラスアルファでね。

小島　牧水賞というのはやっぱり、高野さんが第一回受賞者で、そのあと幸綱先生が取られたりして、男性の実績のある方というふうに思い込んでいたので、自分が受賞するなんてことはまったく思いもよらなかったんですよ。

それに加えてちょうどそのころ「NHK歌壇」の進行役をやっていて、岡野弘彦さんが選者でいらしたんですね。

伊藤　岡野さんも選考委員でしたからね。岡野さん、馬場さん、大岡さん、僕。

小島　受賞が決まったあとの収録の日に、私は岡野さんにお礼を言わなきゃいけないと思って、ちょっと早く行って、廊下で待っていたんですよ。

岡野さんがいらして、私の姿を認めた途端に小走りで寄ってこられて、それで耳元で、「小島さん、大丈夫だから、大丈夫だから」っておっしゃるんですね。

何が大丈夫なのかなと思ったら、「賞金はちゃんと百万円ずつだから」って（笑）。まず最初にその話が出てですね。もう私はほんとうに驚いたのと、これは選考委員のみなさんが、生活苦の私のために賞金を二倍にしてくださったんだなと思ったんですけどね。

岡野さんのそのことを忘れられないんですよ、いまだに。開口一番「大丈夫だから、大丈夫だから」と。

牧水と小さな自然

小島　牧水賞というのは不思議な賞で、牧水賞をいただくと、そのあとなんかとても仕事の運が開けるというんですか。

何か一つ、ほんとうに大きなジャンピングボードになって、自信とか意欲とか。私は特に『希望』という歌集で受賞させていただいたので、すごく希望が持てたんですよね。

あのときもたくさんの方が、ほんとうに初めてお目にかかるような宮崎のいろんな方が応援に来てくださって、希望をいただきましたよね。

牧水はあれだけの歌人だったのに、斎藤茂吉ほどには、言われたり、書かれたりする場所が少なかったと思うんです。けれどやっぱり牧水賞の力でずいぶん歌人たちが、牧水に対して…

伊藤　そうですね。牧水賞をもらうと、宮崎日日新聞に牧水論を書いてもらって、牧水について講演してもらうというノルマを課しています。

小島　牧水賞をいただくからには、牧水を知らないと恥ずかしいですよね。

伊藤　ほんとうは賞はそういうものですよね。単に名前をかぶせているんじゃなくてね。

これは最初、賞をつくるときに馬場あき子さんが、やっぱりそういうことをやったほうがいいよということでね、とってもよかったですよね。

小島　そうですね。毎回講演があるじゃないですか、選考委員の方のね。それもまた素晴らしくてね。

伊藤　そうですね。

小島　牧水の自然観というんですかね。それはやっぱり、牧水賞をいただいてあらためて知りました。『秀歌撰』なんか読んでいましたけども、どうしても恋愛の歌とか、派手な歌のほうに目が行っていました。受賞を機に『若山牧水全集』も買いましたし、そして読み直してみたときに、牧水の作品のなかに出てくる自然へのまなざし、特に大きな自然だけじゃなくて、小さな自然へのまなざしとい

犬の足跡を見たりとか、そういう歌が好きなんです。そういうところを見ている人が好き（小島）

うのに気付きました。

伊藤　小島さんは講演でも話されたし、書かれてもいましたけれどもね、その小さな自然、自然の小さな部分に目をやるのは、牧水の大事なところだとおっしゃったのはとても印象に残っていますね。

小島　全集を読んで初めてそのことに気付きました。

牧水って、あの沼津の千本松原伐採に反対運動をしましたでしょ。あのときも美しい松じゃなくて、大事なのは…

伊藤　そう。灌木や下草が大事だという。

小島　そうですよね。むしろ雑木というものが大事なんだというのを、自然の循環のなかですごく語っていますよね。ああいうのにはやっぱり目を開かれる。

いまの自然、まあエコなんて言っちゃうと軽いですけど、そういうのの、先駆的な人が、やっぱり牧水と日本野鳥の会の中西悟堂さんですかね。やっぱりこの二人だなと思っています。

牧水を経由して中西さんのものもずいぶん読みました。二人に対する敬意が牧水賞をきっかけにすごく芽生えたというか、自分のなかで大事なものとなりました。

伊藤　小島さんの小さなところに目を注ぐという姿勢は、牧水を読まれてのことかもしれないけど、本質的にすごくある。受賞のときの牧水論が印象に残っているんですよ。僕は大きな自然にあこがれる牧水を思っていたけど、身の回りの小さな自然に。

小島　すぐそこにあるもの、そういうものへの愛がとても牧水は強くて、それを読むと豊かな気持ちになる。都会にいると自然がないと、みなさんおっしゃいます。もちろんそれはそのとおりなんですけど、ちょっと注意深く見ると…

伊藤　お日さまがあって、お月さまがあって、どんなところにも木や草はあるわけだからね。

小島　選歌というのは、最終的には好き嫌いじゃないですか。申しわけないなと思うのは、人事や心理の苦さをやりとりするような歌には私はあんまり気持ちが向かない。

伊藤　僕のほうがわりと人事の歌を採っているかもしれないな。

小島　伊藤さんは人間的な温かい歌を採られますよね。私は犬の足跡を見たりとか、そういう歌が好きなんです。そういうところを見ている人が好きなんですよね、やっぱり。何でもないような犬のしっぽの歌とか、気分の歌とか。

伊藤　小島さんが牧水について書いたり話したりしていてすごく印象に残っているのを、今日ちょっと持ってきたんだけどね。それは寺山修司さんの「海を知らぬ少女の前に麦藁帽のわれは両手をひろげていたり」という歌。この歌について、「海を知らない少女がもし海を知ったら、海の圧倒的な魅力の前で、少年の自分の存在はたちまちちっぽけなものになってしまうから、少年は少女に海を見せまいとして、とおせんぼしているという解釈も成り立つ」と。

そのとき牧水の「君かりにかのわだつみに思はれて言ひよられなばいかにしたまふ」という歌を持ち出して、この歌と比較して、「恋人と海と自分との三角関係において、牧水の歌と寺山修司の歌はたいへん似ている。しかし似ていながらどこかが違う。祈るように恋人を見詰める牧水と、とおせんぼする修司。幼少期にすでに深い心の傷を負った修司の、少年ながらに屈折した心を思わせる行動に対して、見詰めるだけの牧水のまなざしは切なく優しく澄み渡る」これ、とても印象に残っているんですよ。そうやって思うと、この寺山の歌は解釈が、二通り、三通りあるんだけど。

小島　私はシンプルに、思春期のある賛歌みたいにずっと読んでいたんですけど。

伊藤　海はこんなに広いんだよという意味で手を広げたというね。

小島　ええ。ところがあるところで、私が引用させていただいた解釈をされている方が何人かいらして、あ、そんな読み方もあるんだということを思いました。

真相はよくわからないし、おそらくは思春期の賛歌のほうに近いとは思うんですけど、ただ歌というのはいろんな読み方ができて面白いなと思いましたよね。

伊藤　両方の気持ちがあると思うんですね。海はこんなに大きいよと言いながら、その海を見せたくないという気持ち。人間はそういう二面性、あるいは三面性があるから、たぶん両方の気持ちが働いているんだと思う。メジャーなほうの気持ちは、こんなに広いんだよと言うけども、いや、でも、こんな広い大きな海を見せたら、自分なんかちっぽけに見えるんじゃないか。そのマイナーなほうの気持ちもあったので、両方解釈できて面白いんじゃないかと思ってね。

小島　特に少年というのはやっぱり、とても屈折していますよね、ある意味で。青年よりもナイーブな部分があるので、そう思ったんですけど。

伊藤　寺山修司のこの一首と、牧水のあの一首とを結び付けるというのはたぶん誰も言ったことのない解釈ですごく面白かったですよね。そういう自然観が。

何歳になっても未知

伊藤　さっきお父さまの介護の話が出たけど、宮崎県で若山牧水賞を一所懸命やると同時に、もう一つ「老いて歌おう」の世界を充実させることが大事だと思っているんです。つまり全国で最も優れた歌人の歌集に賞を贈るということと同時に、一方で、まったく有名な歌人ではない人たち、特に心身に障害や故障があって、いろいろつらい思いをしている人たちの声を聞く。宮崎は「老いて歌おう」と二つあってバランスが取れると思っているんですね。小島さんは「老いて歌おう」の大会にも来ていただいたことがあるし。

小島　いい大会でしたね。

伊藤　両方にかかわっていただいているんですけど、どうですか、介護する人の短歌。僕がやっている「老いて歌おう」は介護されている人の短歌なんですけれどもね。

小島　難しいと思いますけれども、これから大きなテーマになるんじゃないかという気はしていますよね。

穂村弘さんが、このあいだある雑誌の座談会のときに、考えてみれば子育ての歌があるんだから、介護の歌は当然テーマとしてあってもいいんじゃないかというようなことをちらっと言ってくださって、たいへん力を得たんです。

ただ実際には、やっぱり愛情がなければ歌えないし、その愛情がある故に自分の歌が見えなくなってしまうというのがあります。子育ての歌がそうですよね。子育ての歌は河野裕子さんにずいぶん教えられましたね。母親のべたべたの愛ではなくて、子どもそのものを見詰める歌というものをずいぶん教わりました、あの歌をとおしてね。

でも介護の歌というのは、歴史がまだないのでチャレンジだなというふうに思っています。

伊藤　僕は特に、介護される人の声をやっぱり聞きたい、あるいはその人たちに声を出してもらいたい。

いま高齢者の人たちは人に迷惑をかけちゃいけないという考え方で生きてきた人たち。だからすごく我慢して、自分が辛抱すればいいというふうに思われる方が多いですよね。その人たちに声を出していただこうと思っています。

小島　私このごろよく思うんですけど、何歳になっても、まだ五十代でそんなことを言ってはいけないんですけど、何歳になっても未知なんですよね。

常に明日とか、例えば五十二歳のときには、五十三歳の自分というのは未知で、なってみたらほんとうに未知で。その未知の連続で、父なんかを見ていても、まさか自分がこういう生活とか、こういうふうになるとは思いもよらないことなので、まさに未知の日々をいま生きているなと思うんですね。

歌はもう千三百年の歴史があって、過去にいい歌がいっぱいあるのに、なんで私なんかが歌うんだろと思うけど、やっぱり自分自身が未知に向かって生きているので歌い続けられるし、何歳の方でもすごく新しい歌が、その方にとっての未知に向かう声ですよね。

いまおっしゃったように、伊藤さんの長年やってこられているお仕事はたいへん尊敬しているので、何とか少しは見習いたいと思って。

伊藤 いつも「老いて歌おう」をたくさん買ってくださってね、事務局は感謝しています。

小島 たまたま私の父が、いま入所しているホームで俳句をやっている人がいるので。

伊藤 それをこの前「栈橋」で書いておられたので、ぜひその話を聞きたいと思っています。

小島 月に一回なんですけど、その俳句会でちょっと指導というか…

伊藤 行かれているわけでしょう。その話をもうちょっと聞かせてよ。僕、非常に関心があるので。

小島 なぜかわからないんですけれども、父が突然俳句をはじめまして。

伊藤 お父さんは若いときから文学がお好きだったとか？

小島 まったく。本を読むのは好きでしたけども、まったくで。退職してからしばらく、歌をつくったらなんていって、見てあげたこともあったんですけど、それもやめてしまって、まったくそういう世界とは無関係だったんですよ。

ところが、私は父とともに過ごす時間が長いので、いろんな本を持ち込んで、父が寝ているときに読んでいたりしていたんです。そのうちに何となく、俳句をやっている人たちがホームにいらっしゃるというようなことをちらっと耳にして、それで「お父さんどう、俳句なんかも面白いよ」といって、俳句の本なんかを持ち込んでいたんです。そしたらいつの間にか作り始めていて（笑）。

ホームの俳句会は女性ばかりなんですけれども、ほんとうにご親切なんですね。うちの父親だけかなりひどいんですけど、それでも快く仲間に入れてくださって、お守りですよね。お守りをしてくださるんですよ。それで、そんな感謝の気持ちもあって、ちょっと毎月伺ってますね。

伊藤 みんな喜ばれるでしょう。

小島 そうですね。ほんとに喜んでくださって、待っていてくださって。だから、仕事で前の月、行けなかったときには二カ月ぶんを見たりして。やっぱりお一人お一人、この句がどうやって生まれたかというのをずっと聞いていくんですね。

伊藤 うん、そう。それが大事ですよね。

小島 そうすると、社会的、世間的には、もうお名前はべつにどうだっていいみたいな、そういう立場になってしまわれているような方だと思うんですけども、それがやっぱり一人一人、これまでの生きてきた時間のなかから、すごくいろんな記憶がよみがえってきて、いろんな話をされるんですね。そこから俳句が生まれてきて。俳句よりもその話のほうが長いんですけど（笑）。

伊藤 それが大事なんだな。いや、ほんとうにね、グループカウンセリングと言っていい場面ですよね。どんな思いで歌われたのか聞いていると、いろんな話が出てきますよね。

小島 そうなんですね。

伊藤 例えば年の瀬の歌が出てくるじゃないですか。そうすると、みなさん、小さいときはどんな暮らしでしたかとか、お正月はどう過ごされましたかとか聞くとね、日ごろ黙っている人が、いろんな話をされるんです。職員さんがびっくりするんですよ。「ええっ、あの人、ちゃんと話ができるんだ」って。ただの認知症の高齢者と思っていたら、実は違っていたということがよくあります。

小島　とんでもないですよね。ホームは西東京市ですけど、古里はいろんな地方の方だったりするんですね。そうすると地方のお料理のお鍋のつくり方とか、小さいころのお正月の過ごし方とか、いろんな話が出てきて、ほんとうに面白い。そのうちに「実は先生、私、俳句より短歌のほうが興味があったので、短歌も見てほしい」という方があらわれて、いま短歌をつくってこられる方もあって。あんなに歓迎してくださるというのがすごくありがたいですね。

伊藤　そうですね。僕ももう十二、三年になるかな、毎月、いまでも行って、楽しいですよ。

小島　楽しいですね。

伊藤　それにしてもお父さんの俳句はすごいなと思ってね。「孤独なる父にも父の日は来たり」。これ、ゆかりさんがつくった俳句じゃないかと。すごくいい句ですよね。

小島　おそらく、父の句の多くは私が持っていった本のなかから一部失敬しているだろうし、なかにはすっかり失敬しているものもあるかもしれない。

時々得意になって見せられたら、それは私が前に俳句吟行会でつくっていた、私の句だったりもするんですよね（笑）。それでもいいと思うんですね。何か言葉との出合いがそこであるなら。

伊藤　「老いて歌おう」のなかにも「東海の小島の磯の白砂にわれ泣きぬれて蟹とたはむる」とかね、けっこうあるんですね（笑）盗作というにはあまりにも有名な歌をやりすぎていると思うけど、自分の歌と思っておられるのか、愛唱歌を書いて送るというふうに勘違いされたのかね。

小島　ええ。まあ、そうでしょうね。私の父はまったく、盗作ということすらもわからないようになっていますから、おそらくノートに一所懸命書いて、それを自分の作品のように思い込んだりしているのだろうと。

伊藤　それからまたこれね、「二Bで描く大根の断面図」。

小島　あ、それはオリジナルらしいですね。

伊藤　これ、すごいオリジナルのいい句ですよね。

小島　それは面白いですよね。

認知症になってホームに入ってみたら、いままでできたことはすごくできなくなったんですけど、これまでできなかったことでできるようになったこともたくさんあるんです。いままで絵を描くなんてことはしなかったんですよ。

時間が長いのと、いろんな集まりがあるんですね。ちょっと絵を描いてみましょうとか、ちょっと俳句をつくってみましょう。そういうのに積極的に付き添って出るようにしたら絵も描くようになって。だから、できなくなったことはいっぱいありますけど、できるようになったことも。で、身近にほとんど何もないので大根を描いたりとか。

伊藤　「桟橋」に書かれたこの「小さな奇跡」という文章を読んでね。

小島　奇跡だと思いましたね、ほんとに。

でもそれもほんとに短期間のことで、そのあとパーキンソン病が出てしまいました。いまは随意運動というのがどんどんだめになっているので。

伊藤　僕はスクールカウンセリングをずっとやってます。自分はほんとに愛されて育ったと冒頭におっしゃったけど、親は愛しているんだけど、子どもが愛されているという実感を持たなければ意味がないんですよね。

親は愛しているつもりでも、過剰な期待は虐待の始まりでね。小島さんのように、自分は愛されて育ったと感じる子どもは一生幸せだし。

小島　そうですね。

伊藤　小島さんはだからいろいろ困難があっても、それをしのいでいけた。

遠足の日に入園

小島　私はほんとうに出会いに恵まれていると思います。生まれたときに両親と出会っていますよね。とても幸せでした。私は一人っ子ですけども、母が自分の妹とたいへん仲良しで、叔母の家と家族ぐるみで仲良しで隣同士で住んでいたんですね。そこに一つ上の男の子のいとこがいて、だから一人っ子なのに兄もいて、しかもお父さん二人、お母さん二人いるような状態でずっと育ったんですね。なんでと言われるとよくわからないですけど、自分がとても愛されているという実感がすごくあって。

伊藤　両親プラスアルファ。

小島　叔父、叔母、いとこですね。

時代がよかったですから、昭和三十年代が幼少期。日本という国の最もいい時代だと思います。

学校時代は友だちにも恵まれ、先生との出会いもいい出会いがたくさんあって、過去を振り返ったときに、思春期あたりにほんとうに明るい日差しが差し込んでいて、それがいまでも自分を支えてくれるという気がしますね。

一番初めの記憶というのが…

伊藤　あ、それをこのシリーズではいつも聞いているんです。その人が記憶している なかで一番古い記憶。小島さんはどうですか。

小島　たぶんこれだと思うんです。母に聞くと、それは二歳半ぐらいだと言うんですけども、両親と初めて家族旅行に行ったらしいんですよ。

伊藤　どこに。

小島　志賀高原とか磐梯山とか、あのへんらしい。子どもだからどこだかはっきりわからないんですけども。

そのときにシェパードの山岳救助犬がいたんです。大きいシェパードで、私の三倍ぐらいの体だったと思うんですけど、そのシェパードが実によく訓練されていた。私は小さいときから犬が大好きで、すすっと寄っていったんですね。そしたら大きなシェパードが伏せの姿勢をとったんです。その犬にドロップをあげたらそのドロップをうれしそうに犬が食べたというのが、ほんとうにはっきりと覚えている最初の記憶です。

犬好きはそれで大きく助長されて、身体が大きい動物相手でも全然怖くない意識がそのときに植え付けられました。それがよくなくて、いまでも自然動物園なんかに行くと、ここから先は行っちゃいけませんと言われているのに、無我夢中になってヒョウに触って係員に注意されたり。

伊藤　え？ ヒョウ？

小島　なんか夢中になってしまって。上の子の就職が決まったお祝いに和歌山の南紀白浜アドベンチャーワールドに行ったんです。

そこで訓練された動物だけのパレードがあるんですね。そのときヒョウもいて、ヒョウは檻の中のしか見たことがない。あとはジャングルバスか何かに乗って見るか、ビデオとか映像ですよね。でも生ヒョウさんがパレードで馬車みたいなのに乗ってきたんですよ。そしたらもう美しくて、いとしくて、もうほんとうに。こういう人が嚙まれるんだと思うんですけど、我を忘れてしまって、係員さんが「ここまでです」と言っていたのに、すうっと前に出て触ってしまったんです。そしたら「お客さん」と注意されてしまって。娘に「お母さん、もうやめてちょうだい」と（笑）。

なんかそうして、怖くなく行っちゃうんですよね。それはいまでもいけないなと思う。

伊藤　いかにも小島さんらしいね。たとえいくら訓練されていたにしても、ちょっと尻込みしたり、おずおずするのに、すっと行ってしまうところはやっぱり、小島ゆかりのゆかりたる由縁だな。

小島　なんか、自然のものというのは、動物もそうですけど、フォルムというか、やっぱりすごいですよね。かたちとか模様とか顔とか、なんであんなに美しく豊かなんだろう。何を見てもそう思うんです。だからついつい、つつっと行っちゃうんですね。それが今後大きな失敗にならなきゃいいんですが（笑）。

伊藤　いやいや、大丈夫。

小島　時代がよかったせいで、いろんな小さいときの思い出がたくさん。

伊藤　そういう思い出で、これまで書かれたものでもいいし、どんな小さなことでもいいから、僕もぜひ思い出を聞きたい気がします。

小島　隣同士でいとこと住んでいたんですね。いとこは一つ上なので、いつも遊んでいた大好きないとこが幼稚園に行き出したんですよ。それで寂しかったのもあるんですけど、あるときね、いとこが、幼稚園の遠足でリュックサックとかお弁当とか準備していて、それがうらやましくてたまらなくて、どうしても自分も行くと言い出して、きかなくなったの。

伊藤　まだ自分は幼稚園に行っていないわけでしょ。

小島　行っていないんです。遠足の日から幼稚園に入ったんです（笑）。

伊藤　すごいね。

小島　のどかな時代なので、叔母が幼稚園の先生に頼んでくれて、いとこでどうしても行きたいと言っているから一緒に行かせてくれ、と。ですから三年保育の最初からじゃなくて、遠足の日から、春の遠足の、五月ぐらいだと思いますけど、遠足の日から入れてもらって。いいよと、そのときはすぐ言ってくれて入ったんですよ。もう大喜びで遠足の日に行って。

ところが、毎日遠足じゃなかったんですよ（笑）。翌日から普通の集団生活。それまでは一人っ子で、いとこと仲良しで好き放題やっていたでしょ。もう行きたくないんですよ。それで、幼稚園に行きたくない、行きたくないと言うと、母がそのとき怒ってね。「そんなことは許さない。自分があれだけ行きたいと言って、人を煩わせて、叔母さんにあんなに頼んで、先生にも迷惑かけて、絶対許さない」と言って。
そしたら毎日電信柱に抱きついて、嫌だ、嫌だって。あのころは母も忍耐強くて、じっと待っているんですね、行くまで。そうするともう根負けして。
母は仕事を持っていませんでしたから、ちゃんと幼稚園に送り届けて、そうするとまた幼稚園の入り口で泣きますよね。そうすると泣きやむまで待つんですね。泣きやむと帰るということを、毎日それの繰り返しで。
伊藤 素晴らしいお母さんだな。
小島 さすがに私もね、これだけ母に手間をかけちゃいかんなと思うようになって、まあ普通に行けるようになって。そしたら、気持ちが前向きになると楽しくなるのね。行きたくないと思っているうちは楽しくないんですよ。行こうとなったら楽しくなって、だからすごくユニークな幼稚園の入り方。
伊藤 遠足の日から入って（笑）。
小島 そんなのもあって、やっぱり自分はほんとうに幸せで、いま思えば、そのころから行き当たりばったりの人生だったなと。
伊藤 いやいや。計画的じゃないですか。遠足に行って。でも翌日からは考えていなかったんだ。
小島 そう。まさか翌日遠足じゃないとは思わなかったんですよね。毎日遠足かと思ってね。
伊藤 小島さんらしいな。
小島 一人っ子だから、甘えて傲慢な人間になっちゃいけないということで、小学校の四年生ぐらいのときにガールスカウトの下の、ガールスカウトジュニアみたいな、ブラウニーという団体に入れられたんですね。それは土日などに必ず奉仕活動をするんです。
伊藤 僕も中学のときにボーイスカウトをやったから、奉仕活動とかしましたよ。
小島 奉仕活動はべつに面白くもないんですけど、ガールスカウトに入れてもらったことによって、女性の先輩と一緒にキャンプをしたり、暮らしたり、山を登るときに、いろんなひもの結び方を教わったり。誰かが迷ったときにみんなの力で助けてあげるとか、女性だけのキャンプがすごい楽しかったんですね。そこではいい出会いがたくさんありました。
小学校のとき、私はわりと勉強ができたんです。いまはだめですけど。
小学校一、二年なんていうのは、保護者会とか、親が面談に行っても、まあ褒められていたんですけど、三年生のときの担任の先生が素晴らしい先生で、母が行ったときに、「ゆかりはいい子だし、いろんなことができる。勉強もできるし、友だちにも人気がある。ただね、お掃除のときにぞうきんが汚い、臭いと言ってぞうきんを持たない。これが気になる」というふうに言われたんですね。
帰ってきた母にすごくしかられてね。「あなたはみんなのお掃除なのに」と、とってもしかられたの。学校のぞうきんは給食の牛乳をこぼしたのをふいたりして、すごい臭い。家ではけっこう母は厳しかったんですけど、家のぞうきんとはまた違って、一段と臭いでしょ。それでたしかに嫌だったんですよ。
そのことを先生に言われたときに、見つかっちゃたなという気持ちと、一方で、あ、先生というのはこんな小さなことまで見ていてくれるんだというようなことを思いました。しかられたことに対する恨みより、むしろ先生に対する尊敬というんですかね。それで、その次の日からは、絶対ぞうきんを率先してやるようにした。

母がさらにその先生に、この子は一人っ子なので協調性といったものが気になると相談したんです。そしたら、どうも外で遊んだり運動するのは好きなようなので、球技のクラブ活動に入れたらどうだというふうにアドバイスしてくださった。その先生がソフトボール部の顧問だったんですね。それでソフトボール部に、「ゆかり来ないか」と言ってくれて入ったんですよ。そしたらもう、球技の面白いこと、面白いこと。それから延々、大学までずっと（笑）。

伊藤　運動はだいたい得意だったんでしょ？

小島　得意というか、特に球技が好きでした。みんなでやるスポーツでしょ。みんなでやることによって、どうでもいいようなことに、みんなで大喜びする瞬間とか、みんなで落胆する瞬間とかがありますでしょ。あれのすごさに心を打たれました。

それまで学級委員をやったり、そこそこ勉強ができたりしたので、ちょっといい気になっていたところがあったんですね。ですが運動クラブに入ってみたら、私なんかそんなに優れた運動神経じゃないですから、友だちがスターなんです。だから友だちがかっこいいシュートをするために、友だちがいいスパイクを打つために、私は常に友だちのために何かやるという役割になった。その時に自分をもう一回客観的に見ることができるようになって、逆に新鮮でうれしかった。そんな経験が球技を通じてできました。

伊藤　学級で中心、勉強でもリーダー的な人は、やっぱり部活でもそういう評価やポジションを求めることが多いんですよ。ある意味じゃ、わがままになって。でも小島さんは逆に、部活に行ったときには、自分が今度は主役の輝く人たちを助ける役割になったのは新鮮でね。そのとらえ方が素晴らしいですよ。

小島　常に私は中継ぎですね。ボールを回すとか。

でもね、自分がそういう役割になったために、ほんとうに親友ができた。学級委員なんかやっていると、スポーツで輝いている友だちは、自分では友だちのつもりでいても、彼女はクラスのことでは私の影の役割をしていたんだなということが、スポーツをやったらわかった。

球技のほうではその友だちがスターだから、私がその人のためにパスを回してあげると「ゆかりのパス、すごいよかったよ」とか言ってくれる。初めて本当の友だちになれるというんですか。そのことがわかって、運動しながらだから身体でわかって、すごい喜びでしたね。それで病みつきでずっと球技。バスケット部にもいました、こんなちっちゃいのに（笑）。

伊藤　僕はカウンセラーだからそういう話をするんだけど、教育の世界では自己肯定感、カウンセリングの世界では自己受容といいます。自己受容ができているとそのグループのなかで、人を助ける、人を輝かせる、影のような存在になっても充実しているんですよね。

小島さんは本物の自信を持っている。

それはやっぱりすごく愛されているから。

小島　まあ、おめでたい感じです（笑）。

伊藤　人に愛されなければ自信はできませんよ。

小島　あ、そうかも。

伊藤　自信は自分でつくれないんですよ。誰かに愛されて初めて自信はできる、人に愛されないと自信というのは出てこない。パラドックスみたいですが。自分の自信だから自分でつくれそうに思うけどもそうじゃないんです。

小島　そうかもしれないですね。

伊藤　その意味で小島さんは両親、それからその近くの叔父さんたちにやっぱりすごく愛されたから。

小島　先生が指摘をしてくれたのだって愛情を持って見てくれたからこそだし。部活動で得た友だちというのも、親からの愛、先生からの愛、親せきからの愛とはまた違う、別種のもの。友人というのは愛情でしょ。「ほんとうにこの人と自分は親友だ」みたいな人が何人もできたときの自信というんですかね、それは生きていくうえでたいへんな力ですね。

掛け替えのない瞬間を

伊藤　そういう自信のある人が文学をやるかといったら、あまりやらない。

小島　全然やらなかった。

伊藤　現実生活に充分適合して、もうそれだけでいっぱい喜びがあるわけじゃないですか。

小島　はい。

伊藤　文学というと何かちょっと、自閉的になったりとか、そういう人が文学とか哲学をやるとかね。小島さんがそういう意味では…

小島　悩みもなく（笑）。

伊藤　生きている限り悩みはあるんだけど、ある意味では文学をやらなくても充分生きていける。そういう面があったのに、短歌とか文学とかいう方面に行かれたのは何がきっかけだったんだろう？

小島　いやあ、自分でもよくわからないですけどね（笑）。ただ、スポーツしている時間が楽しいとか、自分は幸せだな

小島さんの明るさと、牧水の明るさはどこかで通じるところがある（伊藤）

とかいう気持ちの一方で、何とも言えない何か不思議な感じがするというんですか。空を見たり、雲を見たりは大好きだったのですが、そんなのを見てると不思議な感じがやってくる。自分はどこから来たんだろうとか、自分は何だろうとか。

生きるというのはどういうことだろうとか、自分の感情というんですか。出どころがわからない感情があるでしょう。例えば季節によっても、何となく夏の夕暮れ、夏の夜なんか、ちょっと涼しかったりすると感傷的になったりとか、春の夕暮れとか、それから明るいところよりも夜の闇の中で何とも言えない安堵感が来たりとか、そういう出どころがわからない、この感情とか感覚というのは何だろうとか、そういうことを漠然と考えていました。なぜ自分はこんなに雲を見ると心が安らぐんだろうとか。

伊藤　いまの小島さんの作品を見てそれはよくわかりますよ。実に豊かで鋭い感性を持っておられるから。先ほどのような学校生活を過ごしながらも、いろんなことを感じ、覚え、考えておられて、そういうものがいっぱい心にあったと思うんですね。

小島　自分がいて他者がいるということの不思議とか、愛情というものの不思議とか、そういうのは何となく漠然と思っていました。

でもまあ、直接のきっかけはやっぱり大学時代ですね。私はもうほんとうに能天気で遊び回っていて、ふと気付くと三年生になっていて専門課程を選ばなきゃいけない。消去法で国文科に行ってみたら、みんな夢とか目標を持っているんですよね。自分はそういうのが何もなくて、すごいコンプレックスになった。それに人が話していることがよくわからない。

伊藤　いやいや、僕もそうだったけど、みんないろんなものを読んでいるし。

読んでいないのに読んでいるふりをするというのが（笑）。人に負けまいとしてね。

小島　それでもう愕然として、何か読まなくてはと思って、お金もないし古本屋巡りをしました。何かに出会いたくて。それで訳詩集に出合って、羞恥心のあるような文語の美しさにひかれて、そのあと短歌ですね。『宮柊二の世界』、それからやっぱり一番大きな力を与えてもらったのは、高野公彦さんとの出会いだと思いますね。

伊藤　ちょっと高野さんの話に行く前に。現実生活に充分適応して楽しく過ごしていた小島さんがどうして短歌を作ったのかという話をもう少し。人間は自然を含めて、外界に対する関心、好奇心がすごく強いじゃないですか。

小島　そうですね。

伊藤　それがいまでも小島さんの歌の根底にあるなと思ってるんです。表現のかたちで結実させる何かだったろうと思うんですけどもね。

小島　さっきも言いましたけど、犬はなんてしい形をしているんだろうとか、なんでこの花はこういう形なんだろうといったことはよく思いました。もう一つ人間の感情ということで言うと、ものすごくささやかなことがなんでこんなにうれしいんだろうとかね。友だちがいて、自分がいて、一緒に笑っている瞬間に、ふとそれを違うところから見ている自分が意識される。「この掛け替えのない瞬間をどうしてくれよう」（笑）みたいな、そういう感じはよくありましたね。

それを逃したくないんだけど時間は過ぎていっちゃうでしょう。そのことがもったいない。いまこの瞬間、この掛け替えのない瞬間が「ああ過ぎちゃう」って。過ぎちゃうのを惜しむ自分というのは、生きていくなかでいろんな時期にありましたね。

それは恋愛したり、結婚したり、子育てしたり。特に子育てしていた時期に一番「ああ、この瞬間がいま過ぎていく、過ぎていく。これを抱き締めていたい」みたいな感じを抱いていました。

伊藤　一つは、自分に対して否定的、懐疑的なところから生まれる文学があるじゃないですか。反対にそうでない文学もある。小島さんの場合はそういう自己否定とか、自己に対する懐疑と違うところから文学が出ていると思うんですよね。

牧水もそうだと思うんです。牧水も恋愛を除いては何も不幸はなくて、ほんとに両親に愛されて、豊かな自然を体験していた。じゃあなんで文学をやらなければいけないか、そういう問いが牧水に対してもあるんですよね。

牧水も無限のかなたからやってきて、無限のかなたに去っていく有限のいのちを持った自己という存在をいとおしみ、自然と出合っていく。そういう意味では小島さんの明るさと、牧水の明るさはどこかで通じるところがあるかなと思っているんです。

小島　ああ、それはうれしい（笑）。

第一歌集、第二歌集の頃は、当然ですけど、よく読んでくださる方からの批判がありました。抵抗感や否定精神がなぜもっとないのかといったことを言われました。それを自分に問いかけるんですよね、やっぱり。

ないわけはないだろう、と（笑）。生きている以上、やっぱり悲しいこと、つらいこともあります。人をうらやんだりとか、ある瞬間、瞬間でのこの世への抵抗感というのがあるに違いないんです。けどうまくそれを歌えないというか、自分が歌をつくりたいという気持ちが、そういうものとなかなか結び付かないんですね。

歌いたいものを歌いたいというのが基本的にあって、満遍なくすべてを歌いたいわけじゃない。歌いたいという欲求が、ばあっと身体に上ってきますよね。その抵抗感とかは、歌いたい対象にあまりならないんです。ただ、悲しみとか、自分が苦しんでいる姿は歌っているんじゃないかなと思っているんですけどね。

高野公彦との出会い

伊藤　そういう小島さんの才能を見いだして、この人を育てようと思ったのが高野公彦さん。

小島　そうですね。

伊藤　出会いはコスモス短歌会に入られ

て？

小島　そうです。私がコスモスに入った時は、高野さんはほんとうに雲の上の人でした。出会いがあるというようなことは夢にも思っていませんでした。ちょうどそんな時に、高野さんの歌集『水木』が出ました。高野さんはコスモスの編集部で書評の割り当てをしていらしたんですね。それで『水木』の書評が私に当たりました。

伊藤　高野さんは希望したんだな、小島さんに書いてもらおうと。

小島　いや、どの程度か書かせてみようという気持ちじゃないですか（笑）。それで書いたんですね。そしたらそのあとすぐにお手紙が来たんです。ちょうどコスモスの中で「桟橋」という同人誌を作ろうという時期でした。

　手紙は、女性の方、特に主婦、家庭を持っている方はいろんな事情があるので、短歌を趣味程度でよろしいというならばべつに無理にとは言わないけども、もし歌を本気で好きでやろうという気持ちがあるならば、「桟橋」で一緒にやりませんかという内容でした。

伊藤　ほお、高野さんらしい手紙だね。

小島　それなら何日の何時にここに来てください。「桟橋」の編集会議をやるから、やる気があるならぜひとも参加してほしい、創刊号に参加してほしいということでした。

伊藤　日ごろから小島さんの歌を見て、期待をしておられたわけだね。

小島　うん、けどいまのままじゃ物足りないというお気持ちだったらしいんですね。高野公彦さんからお手紙をもらって、とても断る勇気は…（笑）。

伊藤　あの魅力のある文字でね。

小島　そうそう。とても断る勇気はない。それでおっかなびっくりで出かけたのが出会いですね。

伊藤　それは何歳ぐらいのときですか。

小島　えっと、結婚してしばらくして、二十六、二十七歳ぐらいだったと思いますね。

　「桟橋」の創刊に参加することになって、創刊号の巻頭作品を出せと言われました。そこからもう、出したら二回ぐらい返ってくるんですよ。

伊藤　高野さんが注文を付けてくるわけ？

小島　最初に返ってきたときは、何も書いてなくて、ただそのまま返ってくるんですよ（笑）。

伊藤　何、どういうこと？

小島　これは怖い。何も書いてない（笑）。

伊藤　何もなく返ってくるというのは、つくり直せということ？

小島　だろうと思ってそれでまた出したんですね。

伊藤　じゃあつくり替えて？

小島　つくり替えて出したんです。そうしたらいくつかに丸が付いて、また返ってきたんですね。それで、あ、丸が付いているのはいいんだろう。この丸が付いた部分はいいんだろうと思って、あとのをまた変えて出したんですね。

　そうしたら、何日に「桟橋」の編集の最後の校正をみんな集まってやるから、その日に原稿を持っていらっしゃいと言われて、三回目の原稿を持っていったんですね。そしたら、みなさんのやっているところとは違う席で高野さんが原稿を見てくださった。それで、最終的に三つぐらいにチェックが入って、これをこの場で直せと。
伊藤　まだ合格じゃなかったんだ（笑）。
小島　そこで初めて、「ここのこういうところが気になる」というふうに言われて、直せと。「長い時間ここでやっていますから、直して、最終的にそこに入れなさい」と言われました。もう泣きそうですよ（笑）もうほんとうにその場でね。編集委員といったって先輩ばっかりで、どきどきしてたんです。その場で直して、入れて、それで何とかオーケーが出たんですけど。

その時はこんなに厳しいんだと思って、ちょっと尻込みしたんです。ただ、そのときに見た高野さんの歌への執念というんですか。ここまでやるんだみたいなことと、私のようなものの歌にこれだけ時間を使ってくださるということへの驚きとか感謝で胸がいっぱいになって、絶対にこれはやるぞという気持ちになりましたね。

厳しくされたために歌の本当の面白さ、歌ってこういうもんなんだという入り口が見えた（小島）

あとはまあ、第一歌集を出すときに。
伊藤　『水陽炎』のときの。
小島　コスモスは宮先生の方針などもあって、入会してから十年ぐらいは一所懸命やる期間なので、十年ぐらいたって初めて第一歌集オーケーぐらいの感じがあったんですね。

ところが、コスモス新鋭叢書というのをやることになったんです。何人か先輩が出すんですけど、新鋭叢書というからには、やっぱり対外的にも若い人を入れようということになったみたいです。そこで、高野さんが最後にあなたを入れたいので出すようにと言われたんです。でも歌集にするには歌が足りないんですよ、全然。

そのとき妊娠していたんですね。そしたら、生むまで待っているので妊娠中の歌と生んでからの歌を五十首ぐらい作って、それで第一歌集に入れろと。そのとき、入会して七年目だったんですね。

そのころ名古屋の主人の父親の介護をしていた時期でもあるんです。
伊藤　お義父さんの介護の歌ね。印象に残っていますよ。
小島　歌集の原稿を持って大きなおなかで名古屋に通いつつ、生まれるのを待って、新作を五十首つくって、それで第一歌集にしました。そのときも全部の作品を高野さんが見てくれて、細やかにチェックが入ったんですね。文法的な間違いとか。
伊藤　それはいい勉強になりましたね。
小島　そのときに、歌に対する気合いというんですか、たたき直されました。でも残念ながら第二歌集は期待していたらまったく見てくれず（笑）。
伊藤　僕が最初に小島さんのことを知ったのは、その『水陽炎』だったです。大岡信さんが「花神」という季刊の雑誌をやっていてね。あれで僕は歌集評をやって、そのとき初めて小島さんの歌を読ん

全力を注ぎ込んで、もうこれで自分はひょっとしたら歌うものがなくなるかもしれないところまでいって、初めて次が何か出てくる（伊藤）

で、何か書いたんですね。
　お父さんを介護しながら自分の若さを憎むという歌があって、この人は若いのにすごい歌をつくるんだなと思ったのを覚えていますけどね。
小島　ありがとうございます。あのころはほんとうに、介護と出産と子育てと第一歌集とで、もう何だかわけがわからないような感じでしたけどね。
　でも、希望を与えてもらって、こんなに早く歌集が出せるんだというような、びっくり仰天で。
　ことが進むときにとてもいい出会いと、人がぐっと押してくれるというんですか。それによって前へ、ぱっと走れるということがありますね。ほんとうに高野さんには感謝しています。
　初めのうちはそうでもなかったんですけど、『希望』でいい賞をいただいたころから自分のなかではっきりと、一生に一度、これだけは絶対やらなきゃという仕事として、『高野公彦の歌』を書きました。
　これは絶対心を込めて全力で書くんだということを決めていました。内容はともかく、書くことができてよかったなと思いました。
伊藤　ほんとうにいい本でした。いっぱい教えられた高野公彦論でね。
小島　いえいえ。敬意と感謝を込めた一冊で。やっぱり歌集もそうですけど、最終的には自分のためですね。
伊藤　自分が納得する表現世界をつくりたいということですね。
小島　うん。仕事をきちんとしたいということでした。
伊藤　僕なんかもやっぱり、高野公彦さんというのはずっと尊敬している歌人でね、いつもその作品からいっぱい影響を受けてきて、勉強してきた歌人です。素晴らしいですよね、歌も論もね。
小島　みなさんそうかもしれないですけども、高野さんに厳しく教えられたために、逆に、歌ってこんなに面白いのかということがわかったんですよね。
　それまでけっこういいかげんに、家庭を大事にしたいという気持ちもあったし、仕事をしているときは仕事を一所懸命やりたいとか、そういうタイプなので、そんなに全力で歌はやっていなかったんですね。ちょっと趣味的にやっていたんです。
　高野さんと出会って、歌の本当の面白さというか、歌ってこういうもんなんだという入り口が見えて、そこから歌にのめり込んでいったという感じですね。それがなければ歌の本当の面白さには出合えなかったので、それも含めてすごく感謝しています。
伊藤　一つのターニングポイントは『獅子座流星群』ですか。
小島　どうなんでしょう。自分ではよくわからないです。

伊藤　僕はあの歌集は忘れられないね。そのあとに牧水賞の『希望』になる。

あの『獅子座流星群』は、ほんとうに忘れられない。小島さん、ちょっと新しい世界に踏み込んだなという感じがしましたね。とても印象的でした。

小島　あれはアメリカ生活のあとですね。

歌集を一冊出すごとにのめり込み方が激しくなってきて。

伊藤　だから歌集というのは、一冊出したら次に行かなくちゃいけないわけだわね。

この前、ＢＳの読書番組で橋本治さんが出ておられて、なるほどなと思ったの。

あの人、いっぱい書いているじゃないですか。それで橋本さんが言うわけ、もうこれを書いたら自分は次に書くものがないというところまで書いて、初めて次に新しいものができる、と。これは次に取っておこうとか惜しんでいると、次いいものができない。

小島　それはそうですね。

伊藤　歌集も同じで、全力を注ぎ込んで、もうこれで自分はひょっとしたら歌うものがなくなるかもしれないところまでいって、初めて次が何か出てくるというのかね。

小島　ええ、そうですね。

伊藤　『獅子座流星群』の頃は、苦労もいろいろあった時代だったんでしょう。

小島　はい。生活が一番たいへんだったときだったですからね。

伊藤　文体のうえでもいろいろ工夫されて、そのあとにまた『希望』が出る。ちょっとまた『獅子座流星群』と違う歌集ができて、それがすごいみなさんに好評で。

小島　みなさんに感謝ですね（笑）。

伊藤　あのとき、『獅子座流星群』とは表現を変えて、自分としては冒険をしたつもりだったから、それが受賞するとは思わなかったと言われていたもんね。

小島　はい。『獅子座流星群』ではけっこう無我夢中でやっていたので、何と言うか、読者のことをあまり考えず、自分の思うまま、もうわからなくたっていいやみたいな感じでやっていたんですよね。

でもやっぱり、あれを出したあとにいろんな方から、わからない歌が多いとか、いろんな評をいただきました。そしたら何かつきものが落ちたようになりました。何て言うか、肩の力が抜けて、そうだ、もっと誰にでもわかる言葉というか、誰にでもわかる表現をぜひしてみようと。

ちょうどそのころいろんな人が、河野裕子さんもそうですけどね、わかる言葉で自分のまわりにある言葉を大事にしようみたいなことを思い始めて、それで何か試行錯誤を『希望』でもして。毎回試行錯誤ですけどね。

伊藤　それがいいんだね。

小島　夢中になって、ほんとうに恥ずかしいですけど、歌集を出すごとに歌が好きになる。

すごく奥深いですよね、歌ってね。

伊藤　奥深いですよ。

小島　どこまでいっても底が見えない、底知れないものがあって、でもけっこうどこまでも受け入れてくれるし、その何か、すごいですね。だからどんどん歌が好きになって、だんだんもうどうでもいい。自分さえよければいい、と（笑）。

伊藤　それはいかにも小島さんらしい言葉だな。

五七五七七の形式の持つ奥深さと、そ

れぞれが生きている人間の心の奥深さとがうまくマッチしたときに、やっぱりいい歌が生まれるんでしょうね。

小島　生み出したいし。

伊藤　牧水賞では選考委員が、これがいい、あれがいいといって選んだ歌と、本人の自薦の歌と一致しないことがすごく多いんですよ。選考委員が、なんでこんなのを自薦で選んだのかということが多いんです。でも小島さんの場合は、選考委員がいいと言ったのと、自薦の歌がよく一致しているんです。

小島　そうなんですか。

伊藤　うん。まあ小島さんの自薦の半分以上はあの選考委員会で推した歌。

小島　あ、そうですか。それはうれしいです。

伊藤　「月ひと夜ふた夜満ちつつ厨房にむりッむりッとたまねぎ芽吹く」とか、「抱くこともうなくなりし少女子《をとめご》を日にいくたびか眼差しに抱く」とか「思春期はものおもふ春　靴下の丈を上げたり下げたりしをり」とかね。このへんはみんな選考委員で話題になった歌ですよね。

小島　あ、そうそう。抵抗といえば思い出しましたけど、私一つだけ抵抗があるんです。社会に対する歌に比べて、例えば厨の歌とか子育ての歌というのは、ある意味で小さいような、狭いような、そんな意見があるじゃないですか。

そういうなかで、「なんで?」というふうに反発して。厨仕事のなかにだってとっても豊かなものがあるじゃないかとか、子ども一人育てるのって、星一つ育てるぐらい（笑）のことなんだとかね、そういう変な抵抗感があります。だから思いっ切り豊かな子どもの歌をつくってやろうとか、思いっ切り豊かな厨の歌をつくってやろうとか。いまは思いっ切り豊かな介護の歌を歌ってやろうとか、そういう気持ちは抵抗としては持っています。

伊藤　小島さんは自分が若くして受賞したもんだから、先輩女性歌人がいっぱいいるのに申しわけない、申しわけないと言っておられた。あれも実に小島さんらしくてね。

小島　ほんと申しわけないですよ。

伊藤　選んだのは選考委員だから申しわけないと思わなくていいんだけど。それこそ河野裕子さんのほうが受賞者としてあとになっちゃったから。裕子さんより先にもらって申しわけない、申しわけないってね。

小島　申しわけない気持ちでいっぱいで。

伊藤　それで翌年、裕子さんが受賞した時に授賞式に来たんですね。

小島　そうなんですね。やっと気持ちの整理がつきました。当然、裕子さんが先になるべきですから。

伊藤　これも小島さんらしいですよね。

小島　なんか気持ちが落ち着いたです、裕子さんの授賞式に行ったときに。もうほんとうにうれしくて。

伊藤　ねえ、わざわざ来てくれたんですよね。

読書範囲の広がり

伊藤　毎日新聞の書評委員をされています。

小島　はい。新聞の書評委員というのは初めてで。

話が来たときには、やっぱりちょっと躊躇してしまったんですね。忙しかったということ言い訳になりますけど、どうしても自分の分野、短歌とか俳句の本はよく読んでいますけど、それ以外の本というのはなかなか読む暇がないしというので、ちょっと荷が重いなというのがあったんですね。たまたま私は毎日新聞の書評ですけど。

伊藤 毎日新聞の書評って充実していますよね、ほんとにね。

小島 毎日新聞の書評委員のリーダーをなさっているのが丸谷才一さんですけど、丸谷才一さんから直接、「小島さん、自分が興味もないようなことの本を読んで、いい書評が書けると思う？」と言われて、「えっ？」て言ったら、「自分の興味のあることを書いてこそ、いい書評が書けるから何も難しくはない。あなたの興味のある分野の本をまずはどんどん読んで、そして書いてくれれば、おのずから世界が広がっていくんだ。だから全然悩む必要はない」というようなお言葉をいただいたんですよ。

丸谷さんというのはほんとうにすごい人だなと思うんです。新書評委員になって、一所懸命書きますよね。デキが悪かったのかわかりませんけど、別に何もないときがあります。それから、ちょっとでもいいと、すぐさま直筆で葉書をくださって、こういうところがなかなかよかったとか、書いてくださるんです。それがもう、どんな勇気を与えられたかわからないんですね。すごく褒め上手ですね、あの方はね。

そんなので勇気をもらいながら、そうするとより充実したものを書かなきゃいけないというような気持ちにだんだんなってきて、読書範囲がしだいに広がってきました。そうすると自然に、これまで忙しいとか何とか言って読まないでいたようなものも読んでいきますね。するとこれがまた結果的にはいい出合いを生む。あ、こんないい本があるとか、読むことによって自分の知らない世界に触れることができると、それがまたたいへん豊かな引き出しになるから、それもいい出合いだったなと思って感謝していますね。

伊藤 僕も毎日新聞をいつも読んでいて、何かね、楽しそうに書いておられて、だから読者が思わず読みたくなる。これも誰かが言っていたな、「小島さんが書いている本はみんな読みたくなっちゃう」。

小島 いやいや。あれは丸谷さんの作戦ですね。褒めてくださる葉書、あれがやっぱりすごい勇気、元気をくれますね。これでいいんだみたいな感じで。

「あなたの文章はユーモアがあるので、それがいいから」と言われると、あ、これでいいんだみたいな感じで。高野さんでもそうですけど、褒め上手な人に乗せられて来たなという感じがしますね。

書評を書くということも楽しくなって、その本を探すということも楽しくなってきました。

本を通じてこれまで未知の方との出会いというのはとても大きいですね。たいへんはたいへんですけど、たまにはいきなり指名で、「小島さん、村上春樹訳のレイモンド・カーヴァー全集はきみがやりなさい」とかね、たまに来るの。全集ですかみたいな感じでね。

歳時記を置いて

伊藤 ところで小島さん、歌はだいたいどんな場所でつくられるんですか。

歌はもちろん虚には違いないんですけども、自分の身体をぐるというか、そういうことがすごい大事（小島）

小島　いろんな場所で。
伊藤　決まった場所はない？
小島　ないですね。
伊藤　家の中、あるいは乗りもののなか、どこでも。
小島　いろんなところで。長いあいだ細切れの時間を使って、生活がたいへんな時期もあったし、子どもも二人いたし、介護があったり看護があったり、いろんな時期があったので、少ない時間を自分の時間とする訓練はできていて。
伊藤　短歌の草稿ノートというのか、それは手帳ですか。
小島　最初は頭の中でぼんやり。なかなかすぐはできないでしょう。だから、読みものを読んだりして、何となく短歌頭とか、短歌身体になってきて、ぼんやり頭で考えているんですね。
　言葉になって、リズムを伴って言葉が出だしたら、ノートとか紙にちょっと書くんです。
伊藤　それは決まったノート。
小島　ノートだったり紙だったり、いろいろ。
伊藤　特別決めたノートじゃなくて。
小島　決めてないんです。そこらへんに書くんですよ。
伊藤　書くものがあればいいの？
小島　それが徐々に、完成はしていないけど、例えば七、八首とかの数になってくる。いまは依頼って、二十首とか、ある程度の数で来るでしょ。だから、全体を自分のなかでイメージします。
　一首、一首ももちろん大事だけど、全体の世界もけっこう大事なので。ばらばらになり始めたところで、一応コンピュータにばらばらなりに打ち込んでみて、プリントアウトするんです。そのプリントアウトした紙をじっと見て、それでまた次の歌を待つみたいな感じです。だから、なんかわちゃわちゃ（笑）。
伊藤　いろいろな機会につくった歌を連作、二十首とか三十首とか構成するなかで完成させていくという感じ。
小島　そうですね。
伊藤　そうすると、パソコンで打ったやつをプリントアウトしていくと、だんだんまたいろんなイメージがわいてきて連作ができるという。
小島　そうですね。歌が歌を呼ぶということがありますでしょ。
　始めにノートでつくったときは、こういう区切れだったけど、全体になったら似たような区切れの歌ばっかりだと殺し合うからつくり直したりとか、全体に構成したときに、このへんでこういう歌が欲しいなみたいなのはありますよね。そのためにつくったりすることはありますけど。
伊藤　筆記用具とか、これでないといけないとかは。
小島　まったく。
伊藤　何でもいいの？

小島　まったく、ほんとうに私はね、何でもいい人です。
伊藤　普通はボールペンとか鉛筆とか。
小島　そこにあったもの。そのときどきの出合いで。
伊藤　パソコンに打つ前の書いたメモとか、紙片とかは取ってあるんですか。
小島　いや、全部捨てちゃいます。
伊藤　そうか。もったいないな。
小島　いや、もうみんなぐっちゃぐちゃな字で書いたもの（笑）。
伊藤　将来、小島ゆかりを研究するためにはちょっと残しておいてもらえれば。
小島　いえいえ（笑）。私引越しがすごく多かったんです、これまで。それで、ちょっとでもものを減らさないと引っ越し代が高くつくので、けっこうきっぱり捨てるんです、何でもかんでも。
　歌集が出ちゃうと、歌集の詠草は取っておきますけど、雑誌に出たのなんかを切り抜いて歌集を構成していくんですけど、打ち出してしまって、その草稿をつくったら、もうそれも全部捨てちゃうから何にも残らないです。
伊藤　歌をつくるうえで、何かこの辞典は絶対必要だとか、この本は必要だとかいうのはありますか。
小島　やっぱり「歳時記」は絶対必要です。「歳時記」は大好きですね。
伊藤　じゃあ、歌をつくりながら「歳時記」を引いたり、あるいは「歳時記」を眺めていて歌がわいてくる、いまの時期だったらこの「歳時記」という感じで。
小島　「歳時記」と、もちろん歌集も読みますけど、やっぱり歌集だと、ああいい歌だなあなんて思っちゃって、そうすると影響されてなかなかできにくいので。
　句集はよく読みますね、ある言葉が凝縮したエッセンスをもらえるので。
伊藤　一語が輝いていますからね。
小島　そうです、そうです。それでイメージがわくということはずいぶんあって。「歳時記」特集号を見ていると俳人みたいですけどね。
伊藤　僕もこの前、ちょっとある文章を書いたんですけど、やっぱり俳句好きの歌人は歌がいいですよ。
小島　そうですか。
伊藤　塚本邦雄、佐佐木幸綱、高野公彦、みんな俳句がすごく詳しいですよね。
小島　俳句は大好きですね。
伊藤　この前塚本さんの文章を読み返していたんです。短歌と俳句の違いということがいろいろ言われたりするじゃない。ところが塚本さんはね、違いよりも同じ定型であるということを、むしろ大事に考えたいと書いていて。ああ、そうなんだなと思った。だからもっと短歌を俳句から学んで、俳人にも短歌をもっと読んでもらうといいなと思ってね。
小島　ええ、そうですね。俳句を読むと、ほんとに我慢して捨てていますよね。
　自分のごちゃごちゃしたものをね。あれはやっぱりとても学ぶべきものがありますよね。
　言葉の凝縮力というか、それをもらって、その言葉を自分のイメージでもう一回膨らませてみるというか、そういう作業はよくやっているかな。
　歌はもちろん虚には違いないんですけども、自分の身体をくぐるというか、そういうことがすごい大事だと思うんです。
　そうじゃないと何となく、頭でつくる言葉の操作になっちゃうから。言葉の操作の歌もこれまで散々つくってきたんですけど、それはノートとか、出す時点ではわからないけど、活字になるとはっきりわかるんですよ。うわ、薄っぺらいなとか、うんざりするほど薄っぺらなものというか、空疎なものになっているんですよね。そのためにも必ず、一応自分の肉体をもう一度くぐる。

伊藤　小島さんの歌は言葉が肉体から出るというのか、身体性を持っているもんね。だからリアリティがありますよね。

小島　なるべくそうしたいなと思うんですね。そうすると自分の身体の中に蓄えられているのは短歌のリズムだから、おそらくそれが短歌のリズムになって出てくるんだろうと思いますけどね。

伊藤　小島さんも締め切りが迫っているのに、どうしてもあと二首できないとか、三首できないとかは。

小島　しばしばそれですね（笑）。

伊藤　そういうときはどうするわけ。

小島　もうとにかく、歌のリズムが身体の中によみがえるまで粘り強く。それまでちょっと待ってもらって。やっぱりその身体にならないと出ないので。

だけど不思議なことに、最初は出にくくても、二、三首出始めると、ちょっと呼び水となって、出来始める。十首ぐらい出始めると、二十首ぐらいまではばっと行くんだけど。

また次はなかなか行かないみたいなね。

伊藤　普通は十首でも息切れして、あとが続かないけど。

小島　十首まではたいへんですけど、十首超えると、わりと二十首は行く。二十首超えると、また二十五首はたいへんだけど、二十五首行くと三十首は行くとかね、なんかそういう感じですかね。ただ自分は歌が好きだなと思いますね。

伊藤　そう思います。

小島　締め切り過ぎていて、もう睡眠不足でへとへとなんですけど、歌をつくっていると、ときどきものすごい、何て言うのか、歓喜というか喜びも満ちて、心も身体も。そういう瞬間がしばしばあって、歌は変なのに（笑）。

だから、つくりながら、ああ、自分は歌が好きだなと思いますね。

伊藤　やっぱり歌人だな。

小島　いえいえ。ただ好きだなと思って。べつにどう評価されようが関係なく、つくっている、いまのこの瞬間の充実感というのが、自分にとってとても大事だなと思いますね。

たった一本の木を

伊藤　最後に、これから短歌に関してはこういうことを思っているとか、あるいは短歌以外の仕事に関しても、いろんなお仕事をされているわけだけど、これからのことを。

まず短歌はどうですか。これから自分の歌はこういう方向に、まあ行き当たりばったりと、さっき謙遜しておっしゃったけど、確かにどうなるかわからないのが歌の面白さですよね。

自分の歌だけど、自分でコントロールできないところに行くのが面白いんだけど、まあでも自分としてはこれから、こんな歌をつくりたいとか、あるいは歌の世界でこういう仕事をしたいという、いろんな連作の試みもいろいろされていますけれども、どうでしょうかね。

小島　そうですね、先輩歌人たちの作品を読んだときに、目がくらむような思いがしているけど、自分ではできないというのがあります。
　例えば、たった一本の木を歌っているだけなのに、それだけしかないのに、くらくらするような、感動する歌とか、そういうことですかね。うまく言えないですけど、それはやっぱり、未知と出合うということだと思うんですよね。
　自分の生きている瞬間の次の未知、次の未知というのがあって、その瞬間に、もし一本の木との出合いがあったりとか、ある誰かの陰った表情との出会いがあったりとか、うまく言えないですけど、意味は何もないのに、ほとんど何の意味もないものを歌って、たった一人の読者でもいいから、身体がしびれるような豊かさというのか、それは目指していますね。
　意味で読ませる歌じゃなくて、意味がないのにすごいという歌がつくりたいですね。

伊藤　自分を肯定的にとらえていると言ったけど、やっぱりこの世の存在をすべて肯定的にとらえれば、一本の木を歌っても、ちょっとした水たまりを歌っても、やっぱりそこに存在自体の輝きがあるわけだね。それをたぶん小島さんは歌おうとされているんだろうと思う。

小島　ああ、そうかもしれないです。うん、それは人でも自然でも何でもいいんですけど。

伊藤　そうですね。

小島　人がこう言ったとか、そういうことじゃなくて、意味がないこと。歌を読んだときに、何の意味もないのに、すごいという、そんな歌を歌いたいですけどね。遠いですね、それはね。遠いです。

伊藤　短歌以外の仕事で、これからこういう仕事をされたいとか、思っていらっしゃることというのは。

小島　いや、私はその書評とか、あるいはほかのいろんな地方に行かせていただいたりとか、いい仕事をたくさんいまやらせていただいているので、やっぱり、もっと歌がつくりたい、それだけですね。
　おまえ、そんなにつくっていてと思われるかもしれない。やたら歌集を出していますから（笑）。

伊藤　僕も時々思うことがあってね、いろんな仕事をやっているけれども、実作をする時間というものをほかの忙しさのために削っていて。

小島　そうなんですね。

伊藤　それじゃ何のために歌を始めたのかわからないじゃないかということで、現実の時間、なかなか取れなくても歌をつくることがやっぱり、自分にとって一番大事なことなんだという気持ちは、このごろ一番思いますね。

小島　だんだんそういう気持ちがしてきて。もちろん散文集みたいなものもね、出会いがあって出させてもらうのはすごいうれしいことですけど、本当に正直に自分に問いかけたら、やっぱり私は歌がつくりたいだけで、歌集が出したいだけなんですよね。そのほかのことは、そんな強くは何も望んでいないので、それですよね。

伊藤　やっぱり、歌人《うたびと》小島ゆかり。やっぱり歌の魅力ですね、ほんとうにね。

小島　ええ。歌がつくりたいというだけですね。

（二〇〇九・12・2於・デスカット品川港南口店）

救いを信じる力

大松達知

さまざまな角度から論じられる小島ゆかりであるが、その根底には、万の論よりももっと単純で素朴な心が横たわっていると思う。

それは、〈生への信頼感〉とも〈命への肯定感〉とも呼べるもの。つまり、〈究極には救いがあると信じる感覚〉である。そして、そういう生来の感覚を素直に表明することが、どの作品の言葉も説得力を産む結果につながっているのだと思う。

それは、どんなにシャープな見立てを言っても、どんなに不可思議な身体感覚を歌っても、どんなに巧みな社会批評をしても、どんなにしんみりと寂しさを吐露しても、そのすべてを裏打ちする大きな力となっている。いや、「力」なんてものではない。それは、本来、万人に備わっているはずの、ごく自然で原始的な感覚であるのだ。小島はただそれを率直に受け入れ、大きく育んできた。多くの人間が（そして歌人が）、その感覚を信じ切れずにいるこの時代、小島はそれを徹底的に信じようとした。

それは、宮柊二の言った〈生の証明〉という言葉に重なる考えでもあろう。

ここでは、そういう小島の根本的な感覚と力が、わかりやすい形で出ている歌を挙げて考察したい。例えば、こういう歌。

寒しじみ手づかみにして思ふかな砂と水あるいのちの場所を
『エトピリカ』

「いのち・命」という言葉は、妊娠・出産の時期に多く、全部で三十首ほどある。この時代に「いのち」を問うことはかえって地味なことなのかもしれない。しかし、小島は「いのち」にこだわる。（『折からの雨』までの総歌数は三七六〇首。）

かつて人間はもっと地に足の着いた暮らしをしていた。しかし今では（特に都市部では）、生産から流通まできれいに整備された消費社会にいる。そういう無機質な暮らしの中でも、小島はストレートな〈命〉を思う。シジミ調理という、目の前で生き物に死を与える行為からの着想。そうした発想の履歴を見やすいかたちで残しておくのも、歌に説得力を与えている。

今という時代は、個々人の発想の飛躍が多種多様で、そのひとつひとつを言葉の面で追ってゆくのが難しい面がある。しかし、小島の発想はどれもよく分かる。それは、確実な表現をして確実にコミュニケーションをとりたいと願う小島の、他者への信頼感の表れではないだろうか。それは彼女の歌が広く受け入れられる基盤のひとつである。

さて、シジミにとっての砂と水は、人間にとっての故郷である。そうして、命の根源から〈懐かしさ〉へ向かう視点も小島の大きな特長である。この〈なつかしさ〉で連想するのが、

　こんにやくはなにゆゑかものを思はしむたとへば見えぬたましひのこと　『エトピリカ』

である。これも厨歌であるが、〈寒しじみ〉よりも、もっと情念が深く入り込んでいる。コンニャクというとらえどころのない物体は、まさにたましいの容れ物のイメージに合う。ふだんからもやもやと〈いのち〉や〈たましい〉を思っている小島だからこそ、適切な素材を得たとき、目に見えやすいように作品化できたのだと思う。

「なにゆゑ」という言葉が入った歌は他にも、

　怒り心頭に発したるときなにゆゑか鳰を思ひてほのぼのとせり　『希望』

　立食のメインテーブルなにゆゑか左回りに人びと動く　『憂春』

　未履修科目問題高三保護者会なにゆゑか母たちの早足　『ごく自然なる愛』

など、十首弱ある。しかし、どれも、理屈を考えればわかるところまで親切に表現されている。だけれど、一歩下がって、なぜだろうと素朴な問いにするところがいい。

　さて、「こんにやく」のような純粋な歌からすると、もっと俗に思える歌にも、一本の〈いのち〉が通っている。

　晴れの歌・褻の歌があるとすれば、以下の子育ての歌は、褻の歌に入るだろう。しかし、そこにあふれる生命力は、小島ならではの大きさである。

　　母であることは途中でやめられず毎朝五時に弁当作る　『エトピリカ』
　　雌鳥《めんどり》のやうに朝からよく怒《おこ》る登校班のをばさんわれは
　　さうぢやない　心に叫び中年の体重をかけて子の頬打てり　『希望』
　　返事のみよくて話を聴かぬ子の弁当に大き梅干入れぬ　『憂春』
　　われ怒り子は反撃し外は雪　まづ鍋焼きを食べなさい　『折からの雨』

母親のアイデンティティの中心としてせっせと弁当を作る姿、地域の活動に正面から取り組む姿、娘の頬を信念をもって打ちすえる姿、梅干しによって母の愛を伝えようとする姿、娘に怒りつつも母たる姿。どれも真剣で愚直な作者の姿がある。もちろん詩的にポイントを絞られているけれど、そこにあるのは、自分の信念は必ず相手に伝わるはずだという信頼である。

　内藤明が『水陽炎』を評した「平凡であってもかけがえのない生の時間が、ゆっくり丁寧にうたわれる。」という言葉（「短歌」二〇〇六年三月号）は、その後にももっと太くたくましくなって続いている。こういう、まさに生活のど真ん中の勢いのある作品は小島の歌の大きな柱の一つである。

　さて、〈究極の救い〉を信じている小島は、どんなに追い詰められても、現状を受け入れる方向に向かう。と言ってもそれは諦めや縮小ではなく、あくまで前向きの力が湧き出るような受け入れ方である。

　まずは、〈笑い〉の歌を集めてみる。

　　わらひてはをられぬときにむなどよりいづる

わらひや　浮萍《うきくさ》に雨　『水陽炎』

秋晴れに子を負ふのみのみづからをふと笑ふ
そして心底《しんそこ》わらふ　『月光公園』

子をもたぬ阿呆、子をもつ大阿呆　はるは菜
種の黄の花ざかり　『ヘブライ暦』

上階に深夜のわらひ　ひとたびは大笑ひする
イエスを見たし　『希望』

これらは、ユーモラスな歌というよりも、辛い現実を笑い飛ばすエネルギーが直截に出ている歌である。まだまだ生真面目で生硬な『水陽炎』の初期に「いづるわらひや」の歌があるのは、この後の、諸事情を笑い飛ばす歌の傾向を思えば興味深い。二首目、三首目のようなはちきれんばかりの笑いの力によって現実生活を突き抜けようとする姿も、小島の生命力の強さを思わせる。そこから、四首目のようにイエスの肖像に対しても笑いを要求する発想が出るのだろう。自分だってイエスのようにしかめ面をしていたいこともある、でも、それでは前に進めない、心底笑って明日を生きたい、という小島みずから言い聞かせるような歌でもあるだろう。

続いて、〈現状を受け入れて一歩踏み出そうとする〉系統の歌を集める。

かならず日本に死なずともよし絵葉書のラン
プに今宵わが火を入れぬ　『ヘブライ暦』

春の夜の豆腐をつつむ手の齢この手のほかの
手をもたざりき　『獅子座流星群』

われにまだできることもうできぬこと〈行先
ボタン〉ひとつだけ押す　『希望』

否応もなく女にて喪の夜も厨に足首寒くはた
らく

散る花の数おびただしこの世にてわたしが洗
ふ皿の数ほど　『憂春』

今日の日はおほよそよろしよろしさをふくら
ませつつとろろ芋擂る　『ごく自然なる愛』

一首目はやや特殊な状況であるけれど、先の見えなかったアメリカ生活の中で、その時点での現状を受け入れて強く立つ姿が見える。その他、現実を受け入れて、目の前のできることをひとつずつやってゆこうとする姿勢が描かれる。こういう姿勢は至極まっとうでありながら得がたいもので

ある。

六首目「おほよそよろし」の余裕は年齢的なものかもしれない。ついにその境地まで到達したのかと、読者は感慨深い。

さて、先ほどの内藤明の『水陽炎』への評言は、「イズムとか、分析・解析とかとは遠いところで生を発見し、享受していこうとしており、時代が激しく変化していく中で、変わらざるものへ向かっていこうとする意志がうかがえる。」とつづく。まさに、この後の小島の成長の核を言いえていると思う。以上の抽出も家事を詠んだものが多くなった。

そうした中から、次の絶唱が生まれた。

かぜのなかに手をひらきたりあまりにも無力
なるしかし生きてゐる手を　『憂春』

絶唱系の歌はときどきあって、

もうなにもしなくていいよイチモンジセセリ
おまへは死んだのだから　『獅子座流星群』
そんなにいい子でなくていいからそのままで
いいからおまへのままがいいから

を思い出す。二首とも無限の母性とか無償の愛を感じる超秀歌であるのは間違いない。が、この「生きてゐる手」は、無から発して、自分自身の人生と命の小ささと大きさを一言で言い得ている点、最高傑作であると思う。

次に現状受け入れの発展系としての〈わからなくてもいいのだ〉と表明している歌をまとめたい。

砂塵立つまひるの路地の先見えず見えざる方
へ歩みゆくなり　『希望』
豆電球のやうにこころは点りたりわけのわか
らぬ生をおもへば　『獅子座流星群』
わが家の位置さだかにはわからねど首都高速
を西へ行くべし　『エトピリカ』
汚《よご》したくなきもの何かわからねど　十一月の
白い石鹸
うやむやにしてやりすごすこと多しうやむや
は泥のやうにあたたか　『ごく自然なる愛』

「なにゆゑか」と言ってそのままにしている歌

にも近いけれど、これらからは、わからなくても
いいじゃないか、前に進もうよ、という小島の明
るい声が聞こえてくる。そこには、左右を確認し
てあれこれと考えている暇がなかったという現実
的な理由もあろう。が、それよりも小島本来の性
向として言われる「前向き」が如実に表れている
タイプの歌だと思う。

他にも、

わたくしがいよいよわからなくなりて　四十
歳の朝の雁来紅《かまつか》　『獅子座流星群』

ぎいと開く裏木戸なくて内外《うちそと》のどこからわた
しであるかわからぬ　『エトピリカ』

もうだれを待つかわからず息ふかく吐きてわ
たしがだれかわからず　『ごく自然なる愛』

という、〈自分がわからない系〉の歌もおもしろい。
そこからさらに進んで、詩的に転換したものが、

ぽんかんを頭の上にのせてみるすつかり疲れ
てしまつた今日は　『獅子座流星群』

かたつむりの殻右巻きに右巻きにわたしはね
むくなるゐなくなる

読まず書かずましてやものを思はねば頭の中
をとんぼ出で入る　『希望』

あへて深くものを思はぬこのごろのわれはバ
ナナの感じに近し　『エトピリカ』

などの、変身譚、不可思議行動につながってゆく。
体の左側は醒めていながら、体の右側はぼんやり
しているような小島の二重性がうまく混ざり合っ
た歌だろう。後半の歌集にはこの系統の歌が増え
ており、読者はハラハラしながらも楽しく読むの
である。

最後に、そういう小島が自身を含めた人間（あ
るいはすべての動植物）を励ました歌を挙げて稿
を結びたい。小島は迷いつつも確実に進む〈生〉
を信頼し、〈いのち〉を肯定してきた。今後の人
生の大きな山や谷に出会って、小島がどのような
歌を作ってゆくのか、ますます楽しみである。

賢明の石となるより迷妄のまひまひとなれ一
生ゆたけし　『希望』

すばらしい先輩

言葉
短詩型
人

詩人・川崎洋

小島ゆかり

はじらい　のために　しろい　はくちょう
もうすこしで
しきさい　に　なってしまいそうで

川崎洋さんの第一詩集『白鳥』（書肆ユリイカ）は、こんなフレーズを含む平仮名ばかりの詩「はくちょう」ではじまる。「はじらい　のために　」「しきさい　に　なってしまいそうで」と、空白の部分を心のなかでふんわりふくらませながら、なんど読んだことだろう。詩集『白鳥』の刊行は一九五五年だから、この白鳥はわたしより一つ年上である。

学生時代から憧れた詩人川崎洋さんと、一度だけ対談したことがある。「婦人之友」一九九七年十月号の特別企画「ことばの表現力」（川崎洋対談集『交わす言の葉』沖積舎、収録）。もちろんお目にかかるのはそのときがはじめてで、心臓ごと手渡したいほどときめいた。

川崎さんは『かがやく日本語の悪態』（草思社）を出版されたばかりのころで、もう一つのライフワークであった方言や悪態語について、実にいろいろなことを教えてくださった。しかも話しがおもしろい。

「小さいころから気が弱くて、悪態にあこがれていたんですよ」「『バカ』ということばは、それ一つとるとたしかにいけないことばだけれども、たとえば親しい女の人と深い仲になって、耳元でバカと言われたらどんなにうれしいことか……」

「電車の中で足広げて座っている人の目の前に立って、『このすっとこどっこいの、うすらとんかちの、かんぷらちんき。てめえ、そうやってぼやっとしてやがってると、どてっ腹に風穴開けて、鰹節ぶちこんで、ドラ猫けしかけるぞ、べらぼうめ』って言えれば立派なものですが、口の中で言うのね」「私だってもう一つ上の世代から見た場合は、近頃の六〇代は候文が書けないって嘆かれる」

　ちょっと恥ずかしそうなお顔つきで、こんなことを次々とおっしゃる。しまいには「川崎さんは落語家に転向してもやっていけそうですねー」「はい、そのときはどうか風呂敷もってついてきてください」というオチがついて、大笑いして別れた。

　その後も、いろいろな折に声をかけてくださったり、「いい本見つけました」とファックスが来

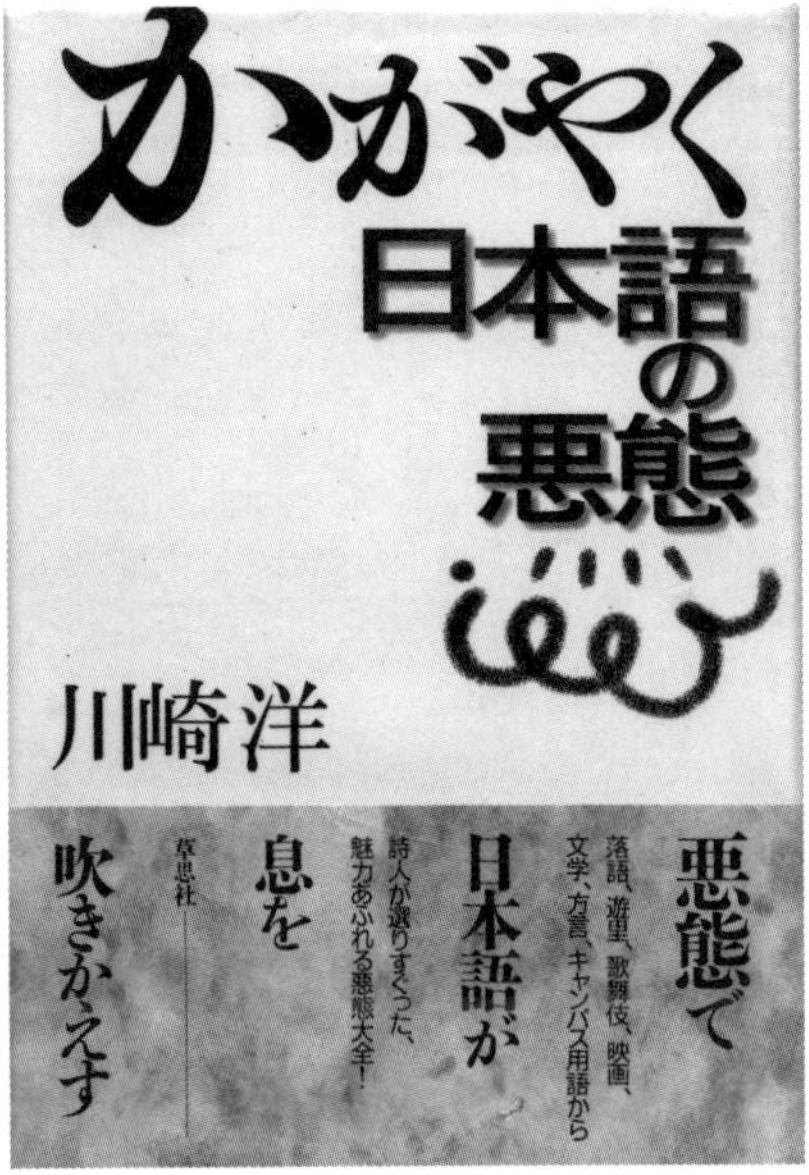

たり。そのつど、ほんのちょっと添えられてある言葉がなんともおかしくて、あたたかい。詩の言葉も悪態語も、そして日常の言葉も、川崎さんはまことにまことに、言葉を慈しんで使っていらした。
　最晩年の作品に、五つの組曲のように作られた遊び歌がある。そのなかの「愛の遊び歌」(詩集『不意の吊橋』思潮社)は、「愛している　の中に／石が一個／言葉にできない部分があり」ではじまり、「愛情　の中に／異常が／隠れている」でおわる。
　いつだったか、「愛情だって、詩を作るんだって、異常でなくちゃあ、やってられないですよね」と、とても真面目な口調でおっしゃったことを覚えている。
　はじめて「はくちょう」を読んでから、三十年以上の歳月が流れた。学生だったわたしは五十代になり、川崎さんはもうこの世の人ではないが、川崎さんの白鳥は年をとらない。

すばらしい先輩　俳人・深見けん二

言葉
短詩型
人

小島ゆかり

　わたしの父方の祖父は、浄土真宗の僧侶だった。早くに亡くなってしまったが、「人の世はご縁」「ご縁に生かされる」「ご縁に感謝して」と、よく「ご縁」「ご縁」と言っていた。子どものわたしには「ご縁」が「五円」に聞こえていつも笑いころげてしまったが、すると祖父も、たれ目のやさしい顔で笑っていた。

　深見けん二さんとの出会いはまさに、祖父の言っていた「ご縁」だった。

　昭和五年から十四年にかけて、俳人高浜虚子がその門下の人たちと、東京近郊の武蔵野一帯百か所を吟行した。ただいまの「吟行」のはじまりである。その「武蔵野探勝」の跡を訪ねるというNHK出版の企画で、虚子の愛弟子である深見けん二さんのパートナーに、なぜかわたしが選ばれたのだ。初回の府中（二〇〇〇年十二月二十七日）から最終回の二子玉川（二〇〇二年十一月二十七日）まで、二年間二十四回の吟行をご一緒した。

　毎回、虚子編『武蔵野探勝』の写生文と俳句の現場を歩き、虚子や俳句にまつわるさまざまなお話をうかがい、わたしも俳句を作って見ていただいたりした。そのうちに深見さんも短歌を作られるようになり、お互いに添削し合うなど、本当に楽しいこと楽しいこと。

　エノケンの映画を共に見たる日の父はステッキ持ちて歩けり　　けん二
　橋の上を自転車で来る角力取《すもうとり》携帯電話かけつつ過ぎぬ

あちこちに鴨の倒立春の池
秋風《しゅうふう》を泳ぐがにゆく膝頭　　ゆかり

　そのころわたしは、自分の歌について少し悩んでいた。何をうたっても、どうにも言葉が軽く浮き上がってしまう感じで、不安でたまらなかった。そんなとき、毎月一回の吟行のたびに、深見さんが俳句を作る姿を目の当たりにした。近く遠く木を眺め、草の実を手に取り、風や陽差しに立ち止まり、鳥の声や水の音に耳を澄ます。そして、驚くべき凝視と長考。わたしは目をひらかれる思いがした。

「思いをめぐらす時間は長くても、よい言葉が生まれるのは多く一瞬である。又題詠でも推敲でも、時間はかかっても、最後によい言葉が生まれるのは一瞬である。それは、俳句という短詩型の持つ、他の詩型にない特長なのである。その一瞬の醍醐味は、俳句に集中した時の心の自由にある。又四季の循環にまかせた心の自由の中にある」

（「折にふれて」）

深見けん二さん主宰の会誌「花鳥来」第七十四号（二〇〇九年夏号）の扉に記された文章のなかの言葉である。

とまりたる蝶のくらりと風を受け　『父子唱和』

蝶に会ひ人に会ひ又蝶に会ふ　『蝶に会ふ』

第一句集『父子唱和』の刊行は、わたしの生まれた年（一九五六年）だ。十九歳で虚子に師事してから最新句集『蝶に会ふ』まで六十八年。生半可な時間ではない。

人はご縁に生かされ、俳句や短歌は型に生かされるのだと、あらためてそう思う。

すばらしい先輩

言葉
短詩型
人

歌人・宮英子

小島ゆかり

一九七七年（昭和五十二年）の夏、わたしは、母に頼まれた本を持って、はじめて宮柊二先生のお宅を訪ねた。

母はわたしが高校生のとき、コスモス短歌会に入会した。もともと文学少女だったらしいが、商家の大家族の生まれで、女の子の大学進学など思いもよらず、二十歳で結婚した。しかしやはり文芸にひかれる気持ちがあったのだろう。入会後今日《こんにち》にいたるまで、実にまじめな会員である。

ちょうどそのころ、宮先生が、地方に伝わる古い童歌《わらべうた》などを調べていらして、コスモス誌上で全国の会員に広く情報提供を求めていた。それで、母がどこかで見つけた地元愛知県の古い本を二冊、わたしが届けることになったのだ。

東京で大学生活を送っていたとはいえ、ひどい方向音痴のわたしは、その日も京王井の頭線三鷹台駅からの最初の道をまちがえ、駅から十二、三分のはずのお宅を探し探して、心細い思いで歩き回っていた。見当違いの方向にあった交番のおまわりさんに教えてもらってようやく辿り着いた。まだ建て替え前のお宅。

「はいはい、あらあら。まあよく来てくださったこと」と、びっくりするほど涼やかな声で、びっくりするほど色白のきれいな奥さんが素足で出ていらした。それが宮英子さんに会った最初である。緊張してしまってそれ以外のことはよく覚えていないが、翌年の秋、わたしはコスモスに入会した。

その後のご恩は書き尽くせない。先輩ばかりの大きな結社のなかで、こんなに居心地よく自由に活動できたのは、だれよりも英子さんのおかげである。が、そう言ってもきっと英子さんは、「なんのことかちっともわからないわ」と知らぬふりをされるにちがいない。

聡明でおちゃめで、羽目を外してもどこか上品でハイカラ。ダジャレが大好きで、若いころは気まじめな先生によくたしなめられたそうだ。英子さんを見ていると、女性が年を重ねるのがむしろすてきなことに思われる。

形のないすばらしいプレゼントをたくさんいただいてきたが、実は、形のあるプレゼントも、いろいろといただいてしまった。おしゃれな文房具やフランス製のクレヨン、きれいな切手がぎっしり並んだ切手帳。さらにたいへん高価なものまで（これは秘密です！）。なかでも一番の宝物は、英子さん手作りのステンドグラスの手鏡である。四センチ四方の小さな鏡にステンドグラスの枠が付いている。辺は紫で、四つの角は、緑・青・ピンク・黄色。光や灯りの加減によってその色が透き通ったり濃くなったりする。それはまるで英子さんの歌のように、妖しく美しい。

くらぐらと雨降る音すあかつきの夢のつづき
の海嶺を追ふ
『海嶺』

恋人の時間と唄ふシャンソンのサキソフォン
のたそがれの靄
『アラベスク』

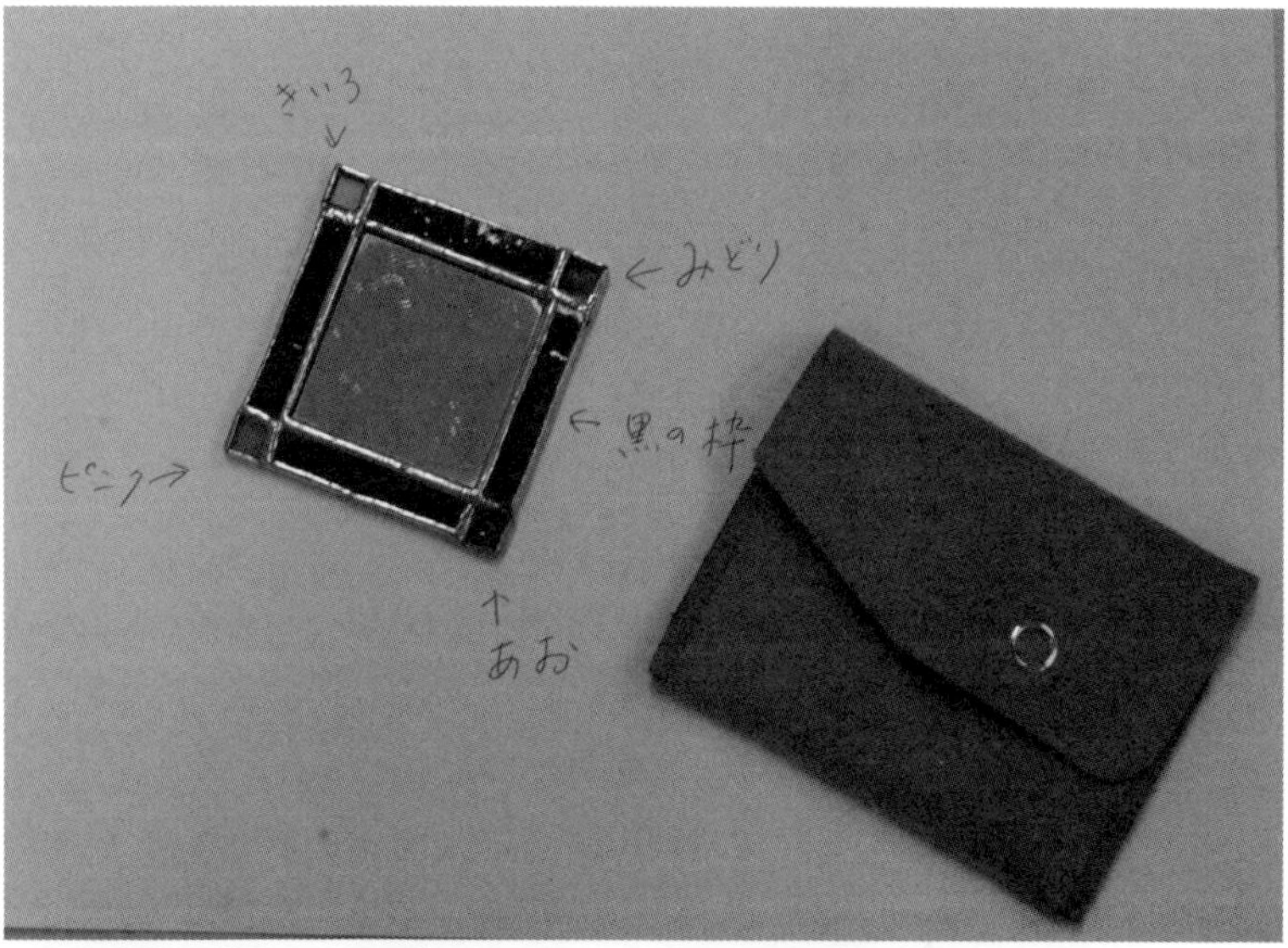

一番の宝物、英子さんの手作りのステンドグラスの手鏡。

小島ゆかりコレクション

宮柊二の思想性
〈原孤独〉の歌人

小島ゆかり

一、〈原孤独〉について

一八二八年五月二六日
ゆくりなき空しい贈り物——いのちよ
おまえはなぜにわたしのものなのか？
おまえはひそかなさだめによって
なぜに死を言い渡されているのか？

虚無のなかから　にくしみの
こもる力でわたしを呼びおこし
わたしの心を悩みでみたし
思いを惑いで乱した者は誰か？
わたしのまえには何のあてどもない
うつろなこころに　けだるい思い。
いのちのものういざわめきのなかに
わたしはひとり　うれいに疲れる
アレクサンドル・プーシキン
（訳　金子幸彦）

宮柊二の孤独について思うとき、私はいつもこのプーシキンの詩を思い出す。五月二十六日は、プーシキンの誕生日である。〈原罪〉に対して、たとえば〈原孤独〉というようなものがあるとすれば、ここに表現された心は、生誕のその日をルーツとする詩人の〈原孤独〉なのではないか。
アレクサンドル・プーシキンは、一七九九年生まれのロシアの国民詩人であり、ロシア社会に農奴制と皇帝専制政治が展開された一八〇〇年代の前半、政治的自由をめざすデカブリスト思想を詩的表現の上に実現した詩人でもあった。上流貴族の子弟として生まれ、外務省に勤め、やがて思想犯として流刑の後、宮廷側の画策によって悲惨な最期を遂げる。表現の上では、初期のロシア・ロマン主義から、流刑後、急速に写実主義へ傾いてゆく。

宮柊二が、長男をプーシキンの名にちなんで「布由樹《ふゆき》」と名付けた話は有名であるが、そんなエピソードを別にしても、プーシキンと柊二の歩みには不思議に似たところがある。プーシキンの影響はおそらく、文学を越えて人間柊二の精神の根幹にまで及んだだろうと想像される。

訳者の金子幸彦氏はこう書いている。「プーシキンの時代は幸福な時代ではなかった。しかし彼の作品のなかにときに深い悲しみの影がさしたとしても、それはけっして人間への絶望ではない。彼はいつも生活の歓びへの期待を失わなかった。彼の悲しみのなかには地上における正しいもの、美しいものをゆがめ亡ぼそうとするものへの、つよい抗議がある。」

この言葉はそのまま、歌集『山西省』以後の柊二の作品世界を語っているようですらある。志向へおもむく人間の思考を思想と呼ぶなら、矛盾に満ちた人間社会に生まれ出たその思考のルーツとしての〈原孤独〉から、生活の歓びをまた人間の希望を渇望する歩み、そこにプーシキンの柊二の思想の核心があったと思われてならない。

師であった北原白秋が青年柊二に言った言葉――「君は暗い」「君は何故孤独なのだ」「君の歌は瘤の樹をさするようだ」――これらはまさに柊二の〈原孤独〉を言い当てている。

〔十月十五日。歌がわからない。歌は生活生命の全部ではないらしい。――淋寥の中に流れる歌の相――生活を長い人生と云ふ一つの流転の隅々に、又それをめぐる周囲の自然事相への一つ一つに対する深い凝視と淋しい諦念と――明るい明るい白玉の光の中に只一つかすかに下りて動く鴉の姿――さうだ歌はその淋しさであり、その淋しさが自分のこの頃のさびしさだ〕

まなこ瞑《と》ぢかすかに動くもの見れば光の中の一羽の鴉
『若きかなしみ』

十月十五日の日付を付された小文とともにあるこの一首は、昭和七年の作である。事実上の第一歌集といってよい歌集『若きかなしみ』にK・Iと記された五歳年上の女性、古田島郁子との恋。昭和六年に、柊二は結婚の相談のために郁子の叔父を訪ねて、郁子と二人北海道へ旅している。

昭和七年には家業を捨てて上京。住み込みで新聞配達の職につく。『宮柊二青春日記』（昭和八年一月一日から綴られる）には、この恋の苦しみと文学への情熱とが希望絶望こもごもに、ある狂熱的な感情の起伏を見せて記されている。

そのさなかの昭和七年、柊二二十歳の作品である。家業の衰退に重ねて、古田島家の反対により次第に絶望的となってゆく恋愛。この人生最初のドラマが、詩人柊二の孤独な魂を目覚めさせたと言えるかもしれない。

しかしそれにしても、この数行の小文と一首に籠められた孤独感は尋常ではない。森閑とした光の空間にたった一つ、降り立ちてかすかに動く鴉を凝視する眼は、暗く澄んだ不思議な力に充ちている。悲しみにうち拉がれた孤独感とはどこかが違う、存在の底深くからやって来るだろう暗い力を待つような孤独感。「光の中の一羽の鴉」は、柊二の〈原孤独〉の最初の形象化ではなかっただろうか。

二、抵抗としての白秋

「抵抗としての白秋――が書けない弁」（昭和二十四年「短歌研究」）は、正直な述懐の内に白秋への畏愛とみずからの文学への姿勢を潔《いさぎよ》くまた懐かしく書き留めた、柊二らしい文章である。

青春前期の激しい恋愛をあきらめ、昭和十年八月から秘書として白秋宅へ通い、ほぼ四年後の昭和十四年三月、白秋の許を去る。この間の経緯は、事実としては記されているが、その心理の経緯には曖昧な部分が多い。

「私は昭和十四年二月に決心して、長子としての責任に立ちたい、といふ両面絶望感と、長子としての責任に立ちたい、といふ両面の意味を述べ、先生のお側からの辞去を願ひ出た。（中略）何日かの後で、両親を前にして先生が私に就いて語られたお言葉は、両親の言葉を通じていへば、殆ど言葉の意味を絶つ程に深いかなしい愛情であつた。両親は、長子といふやうな立場を忘れて、関心を絶つて文学に即けと言つた。先生のお側に残れと言つた。それでも私だけが頑なであつた。」

なぜ頑なであったのか。このとき白秋はすでに五十五歳の大詩人、柊二は二十七歳の弟子。師の熱い期待と愛情に背き、敬愛する両親の助言を退けて白秋の許を去る、この恐るべき強靱な精神力の正体は何なのか。「自分の才に対する絶望感と、長子としての責任」の奥深くに隠された、おそらく柊二自身にも自覚されていなかったに違いない衝迫。私はそれに捕われる。直感的に言えば、ここにはほぼ間違いなく、私がこの文章の中心的なテーマとして考えている思想の実現の問題が関わってくる。それは後へ譲ろう。

角《かく》吹きて踊るヂプシーの絵を見れば流浪といふも怡しきに似つ　『群鶏』

「ヂプシーの絵」については正確なことはわかっていない。奥村晃作は、複数の画のイメージの総合という見方をとり、島田修二はそれに重ねて、若くして画家を志した作者自身による絵画的イメージの喚起を言う。私はさらに、潜在的な意識のどこかに先にあげたプーシキンの詩「ヂプシー」があったのではないかとも思う。プーシキンは南ロシアに追放された一八二〇年代の前半、キシニョーフ時代にひとときヂプシーと生活を共にしている。

「水のほとりの　みどりの森の／おだやかなゆうべのひとときに／幕屋のうちに歌やさざめき／かなたこなたにたき火がもえる」の章に始まり、「あすはしののめの光とともに／さすらいびとのなごりは消える。／自由な民は去る――けれど詩人は／もはやそのあとについてはゆかぬ。」の章でクライマックスを迎える詩「ヂプシー」。このイメージと、柊二の一首の展開にはたいへん似た心理が通っているように思う。

この歌が作られた昭和十三年の春、柊二の内に、白秋の秘書として文学に拠る生活への不安が兆していたかどうか。流浪とはまったく逆の選択を取ろうとする意志が兆していたかどうか……。しかし、自身の生き方を真剣に模索していただろう青春後期の柊二に、「角吹きて踊るヂプシー」と「流浪」への憧憬が、生にまつわる混沌とした哀しみの中に浮かび上がったことはおそらく、翌年の決意へ向かう心理と無縁ではなかっただろう。

晩春《おそはる》をま白き阪が向丘《むかをか》にいつもいつも見えてたそがれにけり　『群鶏』

不思議な歌である。実に不思議な歌である。「いつもいつも見えてたそがれにけり」とはどういうことか。これも昭和十三年の作。当時作者は世田ケ谷区北沢の下宿に住み、〈西空の曇《くもり》の下《した》に家ありて若干《そこばく》はしづけく阪を挟みぬ〉の歌もあるから、窓から見えた下宿近辺の「阪」か。あるいは、このとき御茶ノ水の杏雲堂病院に入院中の白秋の許へ通ったその往反に見た「阪」か。

「いつもいつも見えて」は、日々の継続的な状態を示唆するが、「たそがれにけり」は明らかに特定のその時の表現である。矛盾した二つのフレーズは作者の中でどうつながるのか。現実と心象が奇妙に交錯するようなこの一首にも、ヂプシーの歌と同質の混沌とした心理、ある衝迫へと導かれてゆく直前の、危うい心のセンチメンタリズムが感じられる。しかし、不可解な表現の不思議さゆえに、私はこの歌にながく魅了され続けている。

そしてこの後、柊二の作品は、白秋的ロマンチシズムの濃い作風からしだいに、重心の低い独自のリアリズムへと向かう。

三、戦場のエロス

この章を書くのは、私にとってたいへんに苦しい。なぜなら、私は戦争どころか戦後すらも知らない。私が生まれた昭和三十年代、日本はすでに高度成長期に入っていた。私の記憶の中には、焦土も飢餓もない。加えて、想像と体験について言うなら、私自身のたった四十数年の人生をふりかえってみても、体験は想像を裏切って圧倒的な力で認識や価値観をくつがえした。

　柊二の戦争体験。この大きなテーマを解く鍵は、私には歌集『山西省』の作品しかない。

　昭和十四年から二十年、二十七歳から三十三歳までの年譜を辿ると、白秋の死や結婚や長女の誕生など人生のドラマを含みながら、青春後期から壮年の入口を大陸の激戦に呑み込まれたことがわかる。

　私には知る由もない、厳しい大陸の風土の中での戦闘の前線にあって、柊二はどのように敵兵と戦い、また戦争そのものと戦ったのか。柊二の〈原孤独〉はどのように揺さぶられ、その思想はどのように試されたのか。

ねむりをる体の上を夜の獣穢《けものけが》れてとほれり通らしめつ
つ

弾丸《たま》がわれに集りありと知りしときひれ伏してかくる
近視眼鏡を

麦の秀《ほ》の照りかがやかしおもむろに息衝《いきつ》きて腹に笑《わらひ》こ
みあぐ

　歌集『山西省』は、おおかた緻密なリアリズムをもって、さながら一人の兵が匍匐前進するような作品世界が展開されるが、ところどころに何か奇《あや》しく突出してくる歌がある。

「獣」は、軍用犬か野犬か馬か、別の野性の獣か。あるいは戦場の夜の空間なのか、さらには戦争そのものか。表現は、具体的な獣を連想させるが、するとなぜ、「汚《よご》れて」と言わず「穢れて」と言ったのだろう。謎は深まるばかりだが、しかしたぶん、この一首にとって「獣」の種別は問題ではない。眠っている人間の体を獣が跨ぎ越してゆく、その異常な現実と「通らしめつつ」ある疲弊した心身の有《あり》様《よう》、それはもう死と地続きなのだ。

　二首目の歌は、一見徹底的にリアリズムに即いた表現のようでありながら、「ひれ伏してかくる近視眼鏡を」には、人間の行為の哀しみや孤独が不思議なほど強くシンボリックに立ち上がってくる。戦場という全体と、近視眼鏡という部分。戦争を知らない私には、全体から部分を見ることは不可能に近いが、部分から全体を見ることにはわずかな可能性がある。だから私には、この歌が恐ろしい。

そしてさらに恐ろしいのは三首目。「麦の秀の照りかがやかし」の痛いような明るさの中でこみあげる笑い。叫びや慟哭をはるかに凌駕する不気味な笑い。作者はこの瞬間、生死の境の狂気に足を踏み入れている。この一首と〈耳を切りしヴァン・ゴッホを思ひ孤独を思ひ戦争と個人をおもひて眠らず〉の歌とは地続きである。

しかし、これらの作品にいわゆるヒューマニズムの匂いを嗅ぎ取ることは困難だ。柊二は戦場の行為者としてもっと深くに入り込んでいる。一個の人間としての認識やイズムを越えた、存在の生《なま》な手触り。それはむしろエロスに近い。「獣」も「近視眼鏡」も「麦の秀」も眼前の死に照らし出された命そのものである。

柊二が戦場で真にヒューマニスティックであったなら、おそらくこういう歌は出来ない。現在ほぼ定着した感のある柊二的ヒューマニズムは、柊二自身にはもっと遅れてやって来たのではないだろうか。

柊二は一兵として、まぎれもなく戦場の行為者であり、かつ行為者であることの内側へ深く入り込もうとしたのではないか。知識人である柊二が、観念でなく行為へ没入してゆこうとする、そこがもっとも柊二的であると私は思う。祖国への愛憎と信疑が渦巻く中で、行為者であることによって見えてくるものを信じようとしたとき、柊二が直に触れたものは、愛や思想ではなく、エロスに近い命の感覚ではなかったのか。

そして、にもかかわらず柊二を表現へ赴かせた恐るべき暗い衝動、ここで再び柊二の〈原孤独〉が浮かび上がってくる。戦場の空間で行為者でありながらなお表現者であった柊二が、私には、あの「光の中の一羽の鴉」と重なって見えてくる。

歌集『山西省』に散見される、人間的な優しさの歌よりは、これらの歌に圧倒的な柊二の力を感じるのは私だけだろうか。

四、思想の実現

思想とは生活の謂《いひ》たとふれば批評のごとき間接をせず
『日本挽歌』

宮柊二の思想性と言うとき、そこにはすでにある共通の認識ができあがってるようにも思われるが、その内実に関しては意外に抽象的な言葉でしか語られていない。

しばしば引用される、〈おそらくは知らるるなけむ一兵《いっぺい》の生《い》きの有様《ありざま》をまつぶさに遂《と》げむ〉（『山西省』）や、〈英雄で吾ら無きゆゑ暗くとも苦しとも堪へて今日に従ふ〉（『小紺珠』）の作品を私はあまり好まないが、作品そのものを好まないのではなく、これらが語られるときの一面性、つまり低い姿勢からのあざやかな述志という側面にかすかな疑問を抱く。むろん、戦場や戦後の生活空間を歌の場として考えれば、そうした側面が強調され共感されるのは当然でもある。

　しかしその背後に、さらにもう一つ、眼を凝らさなければならない問題がある。先に述べた、ルーツとしての〈原孤独〉から生活の歓びへまた人間の希望へ向かおうとするプロセスにおいて、柊二がみずからの志向を独自の思想として強く立ち上げてゆくための実際的な行為。大雑把に言えば、この章の冒頭にあげた一首へ至る人間的なあるいは文学的な葛藤の中にこれらの作品はあるのではないかということである。

　昭和二十年代——宮柊二を語るためには、歌人宮柊二を語るためには、ここにこそ注目しなければならない。

たたかひを終りたる身を遊ばせて石群《いはむらが》れる谷川を越ゆ

砂わけて湧きいづる湯《ゆ》を浴《あ》まむとしつぶさに寒し山の峡《はざま》の

めぐりたる岩の片かげ暗くして湧き清水ひとつ日暮れのごとし

『小紺珠』

「昭和二十年八月十五日戦争終了す。九月七日復員、八日離浜して九日、黒部谿谷に入る。蕭々たる谿谷は淡陽差と時雨とを交々に迎へつつあつた。」の詞書をもつ「砂のしづまり」五首中の三首。歌集『小紺珠』はここから始まる。柊二は召集解除の後、横浜の自宅へ戻り、翌日、妻子の疎開先であった富山県宇奈月へ向かい、そこから黒部谿谷へ入る。

　制作時に素直に従えば、この一連が柊二の戦後の出発ということになるが、いま私は別の考えに捕われている。

　柊二の黒部行に〈死〉への思いが胚胎していたことは、昭和六十年NHK名古屋制作の『黒部逍遥』の中で英子夫人によっても語られ、また近刊の岡崎康行著『宮柊二『小紺珠』論』でも、その問題が取り上げられている。もちろん本当のところは柊二自身にしかわからないが、「砂のしづまり」の作品群は、戦争を生き延びて軍を解かれた兵士の、大きな事が終わった直後の人間の、脱力感や安堵感とは何かが違う。眼差しが暗い。心と体が、入り組んだ谿谷の自然の中を浮遊するような不安感に充ちている。

　黒部へ死にに行った……。やはりそうだろうか、やはりそうだろう。それがもっとも柊二らしい在り方のように思われる。兵士としての強制的な死とは別の死。兵士として死んでいった者たちを見、かつ生き延びて今在る人間としての、全き孤独の死。柊二はどうしても一度死ななければならなかった。なぜなら柊二は常に、知識人としての観念の側でなく、時代や社会に生きる個人としての行為の側に立とうとするからだ。もちろん国や戦争に殉ずる死ではない。戦場を見てきた、戦場で行為者であった一個人の死。このとき〈死〉は、あるいはただ一つの純粋な行為として柊二を衝き動かしたのではないか。人間社会の大きな矛盾の内側で、観念でなく行為へ没入してゆこうとする、ここにもっとも柊二的な生の姿勢がある。

しかし現実には柊二は死ななかった。そのとき私の中にもう一人の詩人の面影が過った……、島崎藤村。藤村は、学生時代に私が傾倒した作家であるが、なぜ藤村に魅かれたのか、さらにその後なぜ柊二に魅かれたのか、私はその問いに長く答えられずにいた。しかし今は一つの道筋が見える。生と思想にまつわる一つの道筋が。

小説『春』は、明治二十年代、雑誌「文学界」に拠った若い文学者たちの肖像を、当時の視点と十年後の視点との両方から照らし出した複眼的手法の小説であり、小説家としての藤村のスタイルが最初の形として現れた作品でもあるが、この自伝的小説の中で、主人公の岸本は一度自殺行を企てている。しかし岸本は海浜にしばらく遊んだ後、死なずに帰って来る。この前後の心理は作品の中では曖昧にしか語られないが、しかし後になって藤村は言う。思想は思想としてあるだけではだめなのだと。思想は実人生によって実現されなければだめなのだと。

藤村の文学については、今でも十分に理解し得たとはいえないが、しかし藤村が言った「労働による精神の救済」また「実人生による思想の実現」などの言葉に、その後の私はどれほどの恩恵を受けたかわからない。

昭和二十四年に書かれた柊二の「少年記」に、藤村の名前が出てくる。長岡中学時代の柊二が、藤村の「巴里の五月」の中の一節を暗記したエピソードに、次のような文章が続く。

> 私は藤村の「遠い空のかなた」を越後の空で感じ乍ら、或ひは唐突な表現をすれば死んでしまひたいやうな甘美な悲哀を抱き乍ら、孤りで山の中に入つて山鳩の声をきいたり、郭公のこゑを追つたり、白銀のやうに鈍く光る信濃川の暮方の川面を遠く望んだりして、うつらうつら歩いてのみゐた。

たぶんここにも複眼的な視点がある。昭和二十年、黒部谿谷で柊二が藤村に関わる何かを思ったかどうか、もう確かめる術もないが、しかし、黒部行でいったん精神的死を体験し、その後、みずからの思想の実現へ向かって歩み出したことだけは、私には疑いのないように思われる。

さらにもう一つ、透谷と藤村、白秋と柊二の関係にも交差する一点がある。

日本の文学者の中でもっとも早く近代の意識に目覚めたのは、北村透谷だろうと、後になって藤村は書いている。明治の早熟な思想家であり詩人であった透谷が藤村にもたらしたものは測り知れない。透谷という天才の狂騒的な思想と情熱、そして二十五歳での破滅。透谷は思想家としても文学者としても常に藤村の前を歩いていたが、藤村は何度も書いている。自分は透谷の行き方ではだめなんだと。つまり自分は、思想を実人生によって実現しなければならないと。しかし透谷を語る時の藤村の文章は深い敬意と愛情に満ちている。

この二人の関係をそのまま白秋と柊二に重ねることには無理があるが、その関係の核心部分、すなわち、柊二が白秋の行き方でなく独自の行き方を選択した、そのことの意味は大きい。第二章「抵抗としての白秋」で述べた柊二の衝迫はここに関わる。あの時の柊二の選択は、藤村の言葉を借りれば「労働による精神の救済」であり「実人生による思想の実現」であったに違いない。

柊二の戦後の出発は、本当は「砂のしづまり」ではなく、「砂のしづまり」の後ではないかと思われてならない。

昭和二十三年刊の歌集『小紺珠』は、敗戦直後の混乱と窮乏を背景に、妻子と年老いた父母を抱える一人の生活者として、物質的精神的苦悩の中から誠実に詠《うた》い出されている。しかし、表現の上に現れる現実の不安感とは別に、表現者としての方向は確実に定まっている。

「私は耐へて自らの人生の具体を踏んできた」という『小紺珠』「後記」の言葉。さらに昭和二十四年の「孤独派宣言」、二十五年の「埋没の精神」（1～4）。これらはみな、苦悩の告白としてあるのではなく、みずからの志向を独自の思想へと強く立ち上げてゆくための、ある確信をもった言挙げであったと思う。「労働による精神の救済」を影のキーワードとして、昭和二十年代は、柊二がルーツとしての〈原孤独〉から、生活の歓びをまた人間の希望を渇望する、その思想の実現へ向かうもっとも重要な時期であり、極論すれば、現実の行為を伴う、すなわち実人生によって実現される思想のみが柊二にとってみずからに〈思想〉と呼び得るものではなかったのか。

白秋の行き方を選ばなかった柊二、また戦場であくまでも行為者であろうとした柊二、それらはここで大きく総括されて、固有の強靱な歌人像を作り上げてゆくことになるのである。

五、再び〈原孤独〉について

歌集『晩夏』については、これまでにも書く機会があったが、この文章の終章としてもう一度書きたいと思う。

昭和二十六年刊の歌集『晩夏』は、柊二の作品史の中ではやや特異な世界を見せているが、その特異さの原動力となったのはおそらく、昭和二十年代前半の第二芸術論ではないかと思う。戦後歌壇をリードした歌人であり論者であった柊二が、この第二芸術論に対してはほとんど口を噤んでいる。そしてその無言の代償のように歌集『晩夏』の特異な世界がある。高野公彦は、漢語の多用やカタカナの固有名詞の導入を例に挙げ、第二芸術論に対して作品をもって応えたのが歌集『晩夏』であると指摘し、私もそれに従うが、結果として作られた一冊の総体は、先の原動力をはるかに深く突き抜けた混沌とした世界である。
　生活派宮柊二と幻想派宮柊二——私は、この両者について長く考えてきた。

この時代に、行為を伴はない放恣な感傷表記は、文学が負ふ責任に対してどういふ所為なのであらうか、表記の内側にからだを張るやうな文芸としての新しい力を恋ひながら、又、瑞々しく鋭い確信とはもつと違つた形に潜在してゐるのではないだらうか。
（『晩夏』「後記」）

　ここには明らかに、時代の中の行為者であろうとする、つまり生活に即こうとする柊二の意志が示されている。しかし、歌集『晩夏』の作品群にはしばしば、そんな意志をどこかで裏切るような、柊二という人間の底深くからその存在をぐらぐらと揺さぶるような、混沌とした幻想世界が出現している。

笛を吹く緑の体《たい》の小河童《こがつぱ》も悲しからむと妄想《まうざう》に持つ

目ざめつつわれはもゐたり虫の鳴く外《と》の面《も》にむかひ夜《よ》の簾《すだれ》垂《た》る

松の梢《うれ》いささか霧ふ昼しづかかかるときガリヴァは現《い》でこぬものか

原罪といふはいかなる罪ならむまぼろしに鳴る鞭の音する

背景に花ちりばめて自《みづか》らを描《ゑが》きしアルルのゴッホよゴツホよ

「緑の体の小河童」や「ガリヴァ」が、なにゆえ突然現れたのか。また「夜の簾」はなにゆえこんなに黒々と重く存在するのか。「背景に花ちりばめ」たゴッホの自画像は何を語りかけるのか。そして「まぼろしに鳴る鞭の音」……。再び、柊二の〈原孤独〉を思う。
　矛盾に満ちた人間社会に生まれ出た、その思考のルーツとしての〈原孤独〉から出発して、みずからの思想を真の〈思想〉たらしめるべく常に行為者としての道を選んで来た柊二。何度も書くが、思想を実人生によって実現しようとするその強い精神のベクトルが、初期のロマンチシズムから『群鶏』後半以後のリアリズムへ、さらに生活派へと柊二を赴かせた。

しかし一方で、『山西省』に現れる、生死の際で体現された生々《なま》しい命の感覚。また『晩夏』で、おそらくは第二芸術論への無言の抵抗として詩そのものと対き合うことによって現出した幻想世界。柊二の〈原孤独〉が鮮やかに刻印されたこれらの作品を思うとき、あの「光の中の一羽の鴉」は、あるいは柊二の詩魂そのものではなかったのかと、ようやく私は思い至る。

長い長い現実の苦しみを生き続けた生活派柊二と、その内側で息をひそめてしかしついに息絶えることなく生き続けた幻想派柊二。両者はいずれも、まぎれなく〈原孤独〉の歌人柊二の姿なのである。

行春《ゆくはる》の銀座の雨に来て佇てり韃靼人セミヨーンのごときおもひぞ

「山鳩のこゑ」十首中の一首。昭和二十四年、五月十四日の作である。作者はこの日、午前中に横浜で「呼名《よびな》風太郎の群《むれ》」を見、それから「梅原、安井作品展」を見るために銀座へ出ている。「風太郎」は正しくはプウタロウと呼ばれる港湾での荷役人夫のことだが、柊二は自由労働者という言葉で語っている。港湾人夫の働く横浜から銀座へ、その空間的な移動による心理を考慮しても、この「韃靼人セミヨーン」はあまりにも突然に現れる。

ガルシンの短篇「信号」の主人公であるセミヨーンは、愚直な線路番として描かれ、不満と抵抗をあらわにしながら、しかし良心のために命を差し出してあっけなく死ぬ。遊牧民である韃靼人への思いは、かつてのヂプシーへの思いとどこか重なる気がするが、それ以上に、セミヨーンという個人の孤独な死に注目するべきだろう。「行春の銀座の雨」のやわらかで華やかな風景の中に佇んでセミヨーンを思う柊二は、戦場を生き延び戦後を生きようとする者である。それはほとんど読者を遮断するほどに厳しく孤独な姿であるが、「光の中の一羽の鴉」よりもはるかに強靱な人間の姿であるように思われる。

この歌の中に私は、生活派柊二と幻想派柊二の混沌とした総体を見る思いがする。

第五歌集『日本挽歌』から最終歌集『白秋陶像』まで、作品の変遷を辿るならばまだまだ語らなければならないことは多くあるが、今回のテーマである〈宮柊二の思想性〉ということに集中すれば、ここまででほぼその役割を果たしたような気がしている。

（「歌壇」99・1月号）若干書き直しあり

ゼッケン15

小島ゆかり

「直ちゃんのおばちゃん、沢田です。小学校のときにはお世話になりました」

ゼッケン15をつけた少女は、さわやかにそう言って頭を下げた。

「あら、あゆみちゃん、ひさしぶりねえ」

沢田あゆみちゃん。彼女は四年前、かなり暴力的にわが家をかき乱した少女だった。しかしいま、あのときとは違う風が吹いている。中学三年になった彼女は、背丈も私と変わらないくらいに伸び、今日の運動会のために胸に縫いつけられた真っ白な布のゼッケン15が、清潔に目に飛び込んでくる。

ああ、この子は大人になったんだ。

あの日も運動会だった。

「おねえちゃん、どうしたの。早く行こうよお」

妹の明子にしつこく腕をひっぱられても、直子はまったく動こうとしない。ゆうべ私がゼッケンを縫いつけた体操服を着たまま、部屋の隅にじっと座って顔を上げない。やっぱり……。こうなることはなんとなくわかっていた。明子を先に行かせてから、直子の横に座って、私はできるだけゆっくりと話しかけた。

「今日は運動会だから、特別の日だから、今日行かないと、毎年思い出すことになるよ。一生に一度しかない小学校五年生の運動会が、とっても悲しい思い出になっちゃうよ。それでもいい?」

「行き…たく…ない…」

ながい時間だった。直子と同じように三角座りをして私はずっと待った。彼女が何かを話そうとするまで待つしかなかった。ただ、私には十分わかっていた。彼女があゆみちゃんのことで苦しんでいることも、それを私に隠して子供なりの友情を守ろうとしていることも。

あゆみちゃんの家族は、父と継母と弟が二人。ご両親はそれぞれに子持ちで再婚して、二年前に一番下の弟が生まれた。あゆみちゃんの実の母親は、彼女が小学一年のときに家を出て別の家庭をもたれたそうだ。

「でも私は、前のお母さんより今のお母さんの方がずっと好き」

彼女はよくそう言っていた。いささか複雑な事情を負ったあゆみちゃんと、父親がアメリカへ行ったきりほとんど家に帰って来ない直子とは、きっと心の深いところで引き合ったのだろう。

しかし、毎日わが家に遊びに来るようになって、あゆみちゃんは、徐々に変わっていった。

「おばちゃん、この焼きそば、なんか味が変だよ。うちのお母さんの焼きそばは超おいしいから、こんど作り方きいてきてあげるね」

「直ちゃんちって、こんな小さいテレビが一個あるだけなのぉ。うちはテレビ三個もあるよ」

そんなことを平気で言うようになった。筆箱やマーカーセットなど、直子に新しく買ってやった文房具はいつの間にかなくなって、それはいつもあゆみちゃんと交換したということだった。直子はしだいにあゆみちゃんのことを家で話さなくなり、それでもほとんど毎日、電話がかかるたびに、暗い表情をして遊びに出かけた。

それは小さな嫉妬だったのかもしれない。父親は帰らなくても、母娘三人でいつもふざけ合って暮らしていられる親友への、小さな小さな嫉妬だったのかもしれない。

運動会の音楽や応援の歓声が遠く聞こえてくる部屋で、お昼近くになってようやく直子は重い口を開いた。何ヶ月も胸に溜まっていたことを少しずつ吐き出して、声を出して泣いて、やがて私の膝にしがみついたまま眠ってしまった。

五年生の通知表にたった一日「欠席」と記されたその日は、本当にながい一日だった。

冬休みになって直子は、中学受験をしたいから塾へ行かせてほしいと言い出した。十二歳で受験をするなんて私は反対だった。その前にもっと学校で学ぶことがあるんじゃないかと説得したが、彼女の決意は固い。

「このまま公立中学へ行くと、いつまでも忘れられないから。もっと平和な学校へ行きたいから」

直子の言う「平和」とはどういうものなのか。たぶん私に言わなかったこともいろいろあったのだろうと、そのときになって、私は気づいた。

塾の費用や受験の費用や、家計は打撃を受けたが、子供なりに努力して新しい世界を求めていこうとしている気持ちを、無視してはいけないような気がした。

あれからもう四年が過ぎ、今日は中一になったばかりの明子の運動会を見にやってきた。

「おばちゃん、あっこちゃんは一年三組だから、ほらあのへんにいるよ」

あゆみちゃんは、グランドの向こう側に見える大きな黄色の旗を指差して教えてくれた。二人で明子の姿を探しながら、かつてほんの少しこの少女を憎んだことをふいに思い出して、私は胸が苦しくなった。

「ああ、いたいた、あそこだ。どうもありがとう」

「うん、じゃあ直ちゃんによろしく」

手を振りながら走ってゆく背中のゼッケン15が、だんだん小さくなり、やがてたくさんの体操服に紛れて見えなくなった。

（ありがとう。直子は今とても元気で中学生活を送っているよ。あなたも、もう忘れていいんだから）

「次はぁ、三年生の百メートル走です」

ドドーンと大太鼓が鳴って、入場門のあたりが急に賑やかになった。晴天のグランドに砂埃りを立てながら行進してくる列の中ほどに、ちらっと、ゼッケン15が見えた気がした。そのとき、本当に唐突に私は、少女の体操服にあの真っ白な布のゼッケンを縫いつけた人のことを思った。少女の心を立て直したのは、もしかしたらその人だったのかもしれないと。

目、鼻、のど

小島ゆかり

年末になると「年忘れ」という言葉を思い出す。なにやかやいろいろあったけれど、まあ無事に一年が暮れてよかったよかったと宴会をすることである。ヨーロッパにも似たような習慣（ジルベスター）があるから、一年の終わりを享楽的に過ごしたい気持ちに国境はないらしい。そうはいっても思うにまかせない世の中のこと、こんな俳句もある。

年忘れ嫌ひな人と並び坐し　片山由美子

嫌いというほどではなくても、少々苦手な人と隣り合ってしまう場合がある。こちらが苦手なときはたいていあちらも苦手だから、微妙に緊張した空気につつまれる。

しかし、緊張した空気につつまれるのは元気に生きている証拠だ。わたしは最近、年忘れよりも、もの忘れの話題の方が気になり始めた。

人の名を思ひ出せない日のひぐれ鼻塞《はなひせ》のごといぶせきものを　高野公彦

最近読んだ歌集『甘雨』の中の一首。「鼻塞」は読んで字のごとく、鼻づまりのこと。「ほら、ほら、あの……、なんて名前だっけ、あの人だよあの……」と、鼻づまりのようにもがもがする。ただでさえ空気もぼんやり滞る感じの日暮れどき。鬱陶《うっとう》しいようなさびしいような気分だったに違いない。

▼▽▽

そういえば、これまた最近読んだ丸谷才一さんのエッセイ集『双六で東海道』に、やはりもの忘れの話があった。

題して「ほら、ほら、あの……」。もの忘れについてのおもしろい話題がいろいろ出てくる。たとえば、何かを忘れて思い出せないもどかしい感覚を、日本語では「のどまで出かかっている」と言うが、英語ではこれを"on the tip of one's tongue"（舌のさきに引っかかっている）と言う。そして、『オックスフォード英語辞典』にはちゃんとこのフレーズが載っているのに、『日本語大辞典』には「のどまで出かかっている」が見当たらない。そこで丸谷さんは記す。

わたしはここで、もし『日本国語大辞典』があれを収録してゐれば、日本の心理学界もあのもどかしさを「のどまで現象」と名づけてゐたかも、いや待てよ、心理学者たちがさう命名するくらゐ気がきいてゐれば辞書のほうも様子が違つてゐたか、などとあれこれ考へたのであつた。

なるほど、「のどまで現象」とはまことにぴったりの表現だ。

「ほら、ほら、あの……」

「ああ、あなたも、のどまで現象ですか」

「すると、あなたも」

「いえいえ、わたしはこのごろもうすこし重症で、鼻塞現象です」

かくして会話もスムーズになる。

▽▼▽

この問題をさらによく考えてみると、五十代に入ったばかりのわたしには、のどから出るには出るが、若干ちがう言葉が出るという現象がひんぱんに起こる。

あるときはパスタを注文する場面で、

私「お母さんはパパラッチーノにするわ」

娘「ペペロンチーノのこと？」

またあるときは「サザエさん」を見て、

私「サザエさんちの隣りの小説家の先生、ほらあの、やぶさか先生がね」

娘「いささか先生じゃなかったっけ？」

ときには高尚な世界史の話題で、

私「紙よ紙。古代エジプトのピクルス」

娘「パピルスでしょ」

娘は想像力が鍛えられるのである。

思えばあのダイアナ妃事件のとき、いきなり耳に飛び込んできた「パパラッチ」という言葉は強烈だった。また、「いささか」よりも「やぶさか」の方が明らかに個性的なひびきであるし、「パピルス」に比べると「ピクルス」には酸っぱさの力がある。

これらは、正解ではないが、それに非常に近い、すぐそこに正解がある「目と鼻の先現象」とでも言おうか。

この現象は、老化によるものばかりではない。わたしの名前は小島ゆかりだけれど、これまでにしばしばイトウユカリさんと呼ばれた経験がある。それは、ある世代以上の方々の記憶に、歌手の伊東ゆかりさんの名前が強くインプットされているからであろう。

▽▽▼

さらにまた、出版社から作品の掲載許可願いなどが送られてくるとき、わたしの短歌作品の出典のところに、「第二歌集『月光仮面』」と書かれてあったりする。わたしの第二歌集は『月光仮面』ではない。『月光公園』なのだ。なかなか美しい造語である。とにもかかわらず、「月光～」とくると、つい「仮面」と書いてしまう編集者が後を絶たない。あらためて「月光仮面」のすごさに驚く。

それはともかく、もう一度整理してみると、もの忘れには段階がある。まず、正解ではないがそれに非常に近い言葉が出る「目と鼻の先現象」から始まり、のどまで出かかっているけれど出ない「のどまで現象」へと進む。さらに鼻づまり状態で出てこない「鼻塞現象」が訪れる。するとその次はどうなるのでしょう。目、鼻、のど、ですから、次は「口から出まかせ現象」ではないでしょうか。


（日本経済新聞二〇〇六年12月17日付）

帰りぐらいは

小島ゆかり

　このごろ大学では、学生のアンケートを実施している。アンケートの内容はかなり細かい。「授業は講義要綱どおり行われているか？」「教員の話はわかりやすいか？」「教員は授業時間をきちんと守っているか？」などなど。まるでセールスマンに関するアンケートのようだ。回答はむろん無記名で、（ア、そう思う。イ、ほぼそう思う。ウ、あまりそう思わない。エ、まったくそう思わない。）のどれかに○をつける。わたしは、いわゆる一芸の非常勤講師だから気楽な身分だけれど、前期・後期の最後の授業でこのアンケート用紙を配るたび、ちょっと複雑な気持ちになる。そして、大学時代にお世話になった暉峻康隆《てるおかやすたか》先生を思い出す。

　もう三十年も前のこと。先生は西鶴や芭蕉など近世文学の名物教授だった。講義のときにはだれかが必ず、教卓にウイスキーの達磨とコップを用意し、先生はそれをおいしそうにちびちびやりながら、ぶつぶつむにゃむにゃ、独特のムードで話をされた。先生はときどき遅刻する。そして遅刻した日はいつも、「来るとき遅れちゃったから、帰りぐらい早く帰るよ」と早めにお帰りになる。学生たちははじめあっけにとられたが、そのうち大爆笑。片手を上げて教室を出る先生を拍手でお見送りした。楽しかった。講義の内容も実に実に魅力があったから、多くの学生はほとんど欠席しなかった。

　三十年以上たった今でも、「来るとき遅れちゃったから、帰りぐらい早く帰るよ」の言葉がときどき思い出される。先のアンケートの発想とはあまりにも遠い。なんと粋な表現だろうか。なんと豊かな諧謔だろうか。先生は俳人だった。俳号桐雨。どこの会にも属さず、気ままに俳句・連句を楽しむ遊俳の人。

春
紅梅やのぼればゆるき女坂
大根をおろせばちりめん身じろぎぬ
夏

銀河系まだあるのだよ蝸牛
蛍さえ闇はいやだと灯をともす
秋
十六夜は無明のはじめぬくめ酒
白菊はながめ黄菊は酢のものに
冬
目覚むればまだ生きている寒の雨
年忘れわすれられないことばかり
新年
書置をまた書きたして年酒くむ
元日やこの蒼天に何書かむ

二〇〇三年に編まれた三回忌追善の『桐雨句集　暉峻康隆置土産』から。どの句にも先生のお顔が見える。

最後にお目にかかったのは七年前、鈴木真砂女さんの蛇笏賞の授賞式。「おー、君も俳句やってんの」と聞かれたので、「いえ短歌です」と応えたところ、「えっ、短歌、そりゃ長いねえ」と。短歌を長いねえと言われたのははじめてだ。さらにあきれたことには、学生のころ先生がいつも「論文は短く。文章てぇのは短くきりっと書くもんだ」と言われ、短くきりっとした論文を書くにはどうしたらよいか苦労した思い出話をすると、「ああ、あれね。だって長いの見るのめんどうだろ」とおっしゃる。ひえー、そうだったの。どこまでもとぼけた先生だった。

先生は九十三歳で大往生されたが、あるとき、辞世の句はこんなんでどうだいと言って書かれたのが、「あの世にも粋な年増がいるかしら」。それを知っていた仲間が、いかにも先生の辞世にふさわしいとばかり、追悼の冊子にその句を載せる準備が整ったころ、だれかが「それは先生の句ではありませんよ。たしか先生の好きな落語の中に出てくる句です」と言い出して大騒ぎになったそうだ。まったくとんでもない置き土産。その話を伝え聞いて、涙が出るほど笑った。亡くなったあとまで教え子をこんなに笑わせてくれるとは、先生、本当にありがとう。

もうあんな先生はいないだろう。アンケート時代の大学では暉峻先生はあきらかに問題教師だ。授業時間を守らず、授業はたびたび講義要綱から逸脱した。おまけに教壇でお酒を飲むなんて、けしからんことこの上なし。しかし、先生は大事なことを教えてくれた。それはつまり「来るとき遅れちゃったから、帰りぐらい早く帰るよ」。この粋な諧謔の背後に、近世文学の深い専門知識と、俳人としての豊かな言語感覚がたたまれていることを、改めて思う。

日本語は奥深く楽しい。あのとき教室で拍手した学生の何人かが、そのことに気づいたはずだ。それは実にすばらしいことではないだろうか。

空の不思議と生活のこと

『水陽炎』『月光公園』を中心に

大口玲子　Oguchi Ryoko

小島ゆかりの四冊の歌集を通して読んでみると、第一歌集のみずみずしさや鮮烈さが時を経て次第に落ち着き整ってゆくというような方向とはむしろ逆に、第一歌集の端正さと落ち着きを徐々にはみだして、歌が自在に豊かに太ってゆく過程をたどることになる。そして、第三歌集の『ヘブライ暦』に大きな転換点があるように思う。

蔑《なみ》されてわれ鮮しき　捨てにゆくパインの缶の口のギザギザ　『ヘブライ暦』

アメリカの子らに交じりて遊ぶ子はつね遅れつつ黒眼またたく

雪おぼろこころの遠《をち》にあかねさすひかりのはるのそらみつやまと

死を囲むやうにランプの火を囲みヘブライ暦《れき》は秋にはじまる

かならず日本に死なずともよし絵葉書のランプに今宵わが火を入れぬ

約二年間の在米生活に取材した作品には、驚きや不安とともに、新生活や異文化との接触の中であらたに発見した自分自身やわが子が率直に歌われており、それまでの小島の歌集でも歌われてきた〈生活の現実〉を捉え直す新しい視座が獲得されたといえる。また、個人の生活を丁寧に歌うことで、これらの作品の切っ先はそのまま国家・宗教・言語といったところにまで届いており、この届き方の深さも新境地であると思う。しかし『ヘブライ暦』の魅力は、作者の（夫の研究留学にともなって突然始まった）アメリカでの体験のみに負うものではないことは明らかである。ここでは、『ヘブライ暦』に至るまでの二冊の歌集で形成された小島ゆかりの作品世界の特色を考えてみたい。

第一歌集『水陽炎』には、次のようなまことに印象深い〈月〉が歌われている。

藍青《らんじやう》の天《そら》のふかみに昨夜《よべ》切りし爪の形の月浮かびをり

事務を執るガラスのむかうけしごむに消えさうな昼の月浮かびゐる

どちらも真昼の淡い月を歌ったものであるが、その存在のはかなさがきわやかであるのと同時に、自分の爪という肉体の一部、あるいは〈けしごむで消す〉という行為と結びつけることによって、空間を越えて月を自分の体に強く引き付けているような力を感じる。一首目は、爪と三日月の〈形〉の類似をいいながら、大空のはるかかなたに浮かぶ月を、昨夜まで自分の肉体の一部であった爪に見立てることにより、月をわが肉体の一部としてしまったような、あるいはみずからを大空に投げ込んでしまったような、作中主体を拡大してゆく不思議な感覚がある。二首目も〈けしごむに消えさうな〉というはかなく危うい存在が歌われているのだが、やはり、一首目と同様、〈昼の月〉が〈けしごむで消す〉という行為とすんなりつながってしまったことにより、白秋の〈大きなる手があらはれて昼深し上から卵をつかみけるかも〉に通じるような、はかなさの一方で空をつきぬけてゆくような肉体の存在をも感じさせる力がある。

このような自分と外部のなだらかな連続性は、第二歌集の次のような作品からも感じられる。

虻一つつとひるがほの花に入り出で来るまでを耳こそばゆし　『月光公園』

いちまいの水面のうへ滑り来て水鳥一羽こころに入りぬ

夜半の水のどにひびけり荒星の一つか二つ混じりてをらん

〈ひるがほ〉の花は自分の耳であり、水面はそのまま〈こころ〉とつながり、深夜飲む水には夜空の星がまぎれ込んでいる。この不思議な連続性には、遠近法を知らない子供が、人も家もチューリップも同じ大きさで画用紙に並べてしまうような大胆で爽快な無邪気さがある。柳宣宏は、小島ゆかりの子供のような感覚を指摘しつつ、〈イノセント〉というキーワードを用いてそれを神聖なイメージにつなげている（「短歌」一九九九年二月号、角川書店）。私は小島の作品にみられるイノセントの魅力を楽しみつつ、このイノセントが子供ではない読者を深々と説得し、力あるものと感じさせるのは、何に拠るのだろうかと考える。小島のイノセントの出所を問うならば、無垢、無邪気の裏側に確としてある、人間としての〈慎み〉や〈わきまえ〉といった態度につき当たるような気がする。

風中に待つとき樹より淋しくて蓑虫にでもなつてしまはう
『水陽炎』

硝子窓の隔つる夜の紺ゆるび君より早く雪が来にけり

一首目は、下句の〈蓑虫にでもなつてしまはう〉というフレーズの魅力について言及されることが多いようだが、私は〈樹より淋しくて〉という部分に注目する。自分の淋しさをいうのに、樹の淋しさと並べているのである。また二首目には〈君より早く雪が来にけり〉という把握があり、〈君〉と〈雪〉の到来を同じ次元でとらえて待っている作中人物がいる。これらの作品で、人であるとか植物であるとか気象現象であるとか、そのような常識的分類はきれいにとりはらわれて、それぞれの素朴な存在感が同列に扱われている点に、小島の作品世界の特色がよく表れているように思う。人間としての優位をさらりと脱ぎ捨てているこのような意識こそ、あらゆるものを自由に豊かに取り込んでゆく〈イノセント〉の源泉となっているのではないか。人間が幾重にも重ね着してきた文明という衣類を実際に脱いでしまうことは、むろん、もうかなわないことかもしれないけれど、作品の上で脱ぐこともそう簡単ではないような気がする。右に挙げたような作品に働いているのは、一人の人間として自分をとりまく周りの世界に対するときの、〈慎み〉とでもいっていいような意識である。

人界《じんかい》の灯に照らされて夜の桐くちなはいろの幹光るかな
『水陽炎』

人の灯の消えゆくころを月の円大きくなりて樹木を照らす

あさよひに目を瞬《しばたた》くはだかんばう着替へをさすは人間《ひと》の子のゆゑ
『月光公園』

きのこ食む家族四人の大小の白歯《しらは》羞《やさ》しき人間家族

どこか不気味な印象を残す一首目では、樹木のなまめかしい生命の感触が、二首目では、〈人の灯〉との対比で存在感を増す月光が歌われている。両者とも、人間界の光りを受けながら、人間のあずかり知らぬところでしんしんと命を燃やしているものたちの生気に満ちている。後半の二首では、わが子や自分の家族を歌うのに、わざわざ〈人間〉という語を使っている点がポイントである。〈人間の子のゆゑ〉という駄目押しのような結句が、新生児の命をとらえて効果的であるし、〈人間家族〉という把握も、ほのぼのと童画的なイメージを醸しつつ新鮮な表現となりえている。このような表現の基底には、大上段に構えた態度や「生物はみな平等だ」というような単純な主張のつまらなさとは別のところにある意識、やはり人間として他の生物に向かう時の〈わきまえ〉とでもいうべき意識の備えがあるように思う。小島はこれらの作品で、〈人間である〉という前提を脱いでいる。その無防備さに、私は読者として不意をつかれたようになる。人間であることをいったん脱いだ上で改めて〈人間である〉ことをとらえ直すという手続きにおいて観念や思想をはさまぬ素朴さ大らかさが、そのまま作品を豊かなものにしているのではないか。昨今言われる〈アニミズム〉は、主に自然現象や生物に神を見ることによって交感を試みるといった方向であるのに対して、小島の方法は、まず人間である自らの体温を確かめてから自然と向き合っているという点において、より素朴で本能的な態度で自然現象や生物、さらには人間と対しているように思う。

　人間との対し方といえば、幼いわが子への向かい方にも同じようなことがいえると思う。

聖母像よごれて佇てり少しづつわが子をわれに似しむる怖れ　　『月光公園』

春ひと日われは穢せり水仙の清きを眼もて子らを情もて

黄水仙しづかに立たす岸辺見ゆ精神《こころ》を子らに頒つことなかれ

きのふとはちがふ瞳のいろをして子よ夕暮れの楽隊を見たか

子供とは球体ならんストローを吸ふときしんと寄り目となりぬ

夜のたたみ月明りして二人子はほのじろき舌見せ合ひ遊ぶ

『月光公園』には、子供を詠んだすぐれた作品が多くあるが、わが子におおいかぶさるようにして愛し育てるといった態の作品はむしろ少数派だ。ここに挙げた作品のうち前半三首にみられる、子供を育てることは子供を汚してゆくことだとする感覚が際立っており、子育てをテーマとした、他の女性歌人たちの作品とは一線を画して個性的である部分だと思う。一人の人間であるわが子に対して、これまでに挙げた自然界のものたちへの対し方と同様、慎み深さを持って接している態度がみられる。また後半三首には、子供という存在の不可解さが、やわらかくうつしとられている。わが子は自分の理解の範囲内にすっぽりとおさまりきるものではなく、とらえどころのない不思議なもの、そして異形の存在としてどこか怖れるべきものでもあるのだ。

最後の一首は、消灯後眠りにつくまでの子供たちだろうか、日常を切り取って美しく、この世のものとは思えない光や色の感触に満ちて異界のような光景を浮かびあがらせている。

　これまで小島の作品世界におけるイノセントの出所を探ってきた。そのイノセントの世界を支えているものとして、〈生活〉という柱を最後に考えたい。

あなうらの皮膚の乾きもまざまざと午睡の父に夕日伸び来つ　『水陽炎』
目薬の空箱《あきばこ》、きれし乾電池せつなし父の抽出しに見て
うたた寝のいのち更けゆく父の辺にわれは坐れり妊婦服着て

　父親を歌った右の三首には、これまでに挙げてきた作品には見られなかった、生活のざらざらとした手触りがある。一首目は、父親の足の裏というまさにざらりと乾いた部分に焦点をあてている。二首目に登場する、日常の雑多なもの・役に立たないもの、そして、三首目の〈父〉と〈われ〉の切ない取り合わせには、どちらも生活の現実のおかしさと悲しさがにじんでいる。『水陽炎』には、入院中の舅を介護している一連もみられる。これらは、作品そのものの魅力もさることながら、一方では小島のイノセントな作品世界に錘を下ろしているものである。小島ゆかりのイノセントは、生活の現実に裏打ちされている。

秋晴れに子を負ふのみのみづからをふと笑ふそして心《しん》底《そこ》わらふ　『月光公園』
上向くはうつむくよりも美しく秋陽の中に葡萄もぐ人
たましひの往来ありやうすら雪ながれて消えし白埴《しらはに》の空
鴉鳴き過ぎし頭上に大いなる穴ありからだ吸はるるごとし

　この論のはじめには昼間の月を歌った二首を挙げたが、そのほかにも小島ゆかりの作品には、空の不思議を歌ったものが多い。特に『月光公園』には、その傾向が顕著である。四首目のような空に吸い込まれていきそうな感覚を、危うく地上にとどめているのが生活であると思う。『月光公園』では生活の歌がやや影をひそめているようにも感じられるが、『ヘブライ暦』以降で豊かに展開してゆくのは、イノセントな視点を忘れることなく生活に心を据えた作品群である。

生活のきりぎしに朝陽夕陽差しうしろに立てる夫は草

の香

花よりも歯ブラシを挿せ七月の朝のかがやくガラスコップに　『ヘブライ暦』

いきいきと肉を捌きし指ながら夜はしづかに紙の上《へ》にあり　『獅子座流星群』

銀河ぐらりと傾く霜夜うめぼしの中に一個のしんじつがある

（「現代短歌　雁」44号99・4月）

Profile

おおぐち・りょうこ　1969年〜。歌人。歌集に『海量』『東北』『ひたかみ』など。

小島ゆかり論

どこからわたしであるかわからぬ

穂村 弘 Homura Hiroshi

小島ゆかりの七冊の歌集を読み直して、表現の独自性と説得力の両立を改めて感じた。いわゆる秀歌タイプの歌だけではなく、詠われた内容が一見奇妙にみえる作品の場合でも、その背後に生々しい根拠があることがわかるのだ。

そのために表現に関して完全な空振りということがない。これは河野裕子や花山多佳子などの女性歌人にも共通する印象だが、日常の些細な出来事についてどんなことをどう詠っても、五七五七七のなかに何らかの「詩」を封じ込めることに成功してしまう。特に近年の小島にはそんな足腰の強さを感じる。

それにしても、精度の高い表現の背後にある「生々しい根拠」の正体とは、いったいなんなのだろう。世界への眼差しの確かさか。それとも優れた修辞力か。いずれをも備えた作者には違いないが、その他にもうひとつ、小島作品には、世界と言葉をつなぐ通路の役割を果たす要素があるように思われる。それは独特の身体的な感覚だ。

勿論、我々の目の前には言葉によって書かれた作品があるだけなのだが、数多く読んでゆくうちに、固有の身体感覚に根ざした表現上のパターンのようなものが浮かび上がってくるように思われる。この分析を通して、小島作品の特性と魅力の核にあるものがみえてはこないだろうか。具体的に考えてゆくことにしたい。

★

まず身体感覚が比較的素直に表出された歌には、次のような特徴がみられる。

●目鼻耳の喪失

もくれんのわらわら白いゆふぐれは耳も目鼻もおとしてしまふ
『月光公園』
真夜中のテレビに対かひゆつくりと目より耳より失せゆくわれは
もの言はぬ雛《ひひな》の顔をながく見て立ち上がるときわれはのつぺらぼう
『獅子座流星群』

これらの歌では「耳も目鼻も落としてしまふ」「目より耳より失せゆくわれは」「われはのつぺらぼう」と詠われている。「目鼻耳の喪失」とでも言うべき共通の体感があることがわかる。

「目鼻耳」とは現実世界における「われ」の看板のようなものだろう。引用歌には、その看板が消えることによって、自己の名のもとに統御できなくなった「われ」が、外界に溶けて紛れてしまうような不安な陶酔感が漂っている。

●頭の巨大化

むらむらと頭が大きくなるやうな雨期なりあぢさゐ病と言はん
『月光公園』
六月のうすむらさきの朝ぼらけ頭はそつとあぢさゐになる
『憂春』
寝不足の頭ばかりが大きくて朝のミルクをわつとこぼせり
『獅子座流星群』
秋空にしろがねの陽は鳴りわたり人よ頭が重すぎないか
鱝《スティングレイ》の水中飛行見し日にてぐらんぐらんと頭かたむく
『ヘブライ暦』

いずれも「頭」についての感覚的な変容がみられる。大きくなったり、重くなったり、ぐらんぐらんとかたむいたりしているのだ。

先の「目鼻耳」というものが「われ」の外面的な特徴を示すとすれば、「頭」とはその内面を司る部位であろう。それが変容してしまえば、自己の行動をうまくコントロールすることは難しくなる。

その結果、小島作品においては「朝のミルクをわつとこぼせり」などのように、「頭」の変容と世界に対する主体的な関与の困難とがセットになって詠われることが多い。

このような「頭」の変容と世界への関与の困難という感覚的なモチーフは、例えば、次のような一見ユーモラスな歌の底にも確かに流れているように思われる。

ぽんかんを頭の上にのせてみるすつかり疲れてしまつた今日は
『獅子座流星群』

また引用歌中で、「あぢさゐ」の二首はそれぞれ第二歌集『月光公園』と第七歌集『憂春』所収であり、両者の間には、十数年の時間差がある。

　このことから作者の体感には強い一貫性があることが読みとれる。

●われの消失（ねむくなる、ゐなくなる、吸はるる、埋めてみたし、うらがへる）

かたつむりの殻右巻きに右巻きにわたしはねむくなるゐなくなる　『獅子座流星群』

われにふかき睡魔は来たるひとりづつ雛《ひな》人形を醒まして飾り終ふれば

チカチカと内より何か呼ぶなればわれは魔法瓶の中にて睡る　『月光公園』

あふむけに眠る子の口開《あ》きをればわれさかしまにそこへ吸はるる　『希望』

球根となりたるわれをあの空に埋めてみたし九月一日　『エトピリカ』

喫泉を吸はんと口をすぼめつつふとうらがへるわれならずやも　『ヘブライ暦』

「目鼻耳の喪失」や「頭の巨大化」の、おそらくは延長上にある感覚として、これらの歌においては「われ」そのものが世界のなかに吸収されようとしている。

　引用三首目までにみられる眠りとは、日常的に誰にでも訪れる一時的な「われ」の消失と考えることができる。一首目の「ねむくなるゐなくなる」には、そのことが端的に示されている。

　同様に「われさかしまにそこへ吸はるる」「われをあの空に埋めてみたし」「ふとうらがへるわれならずやも」などの表現は、すべてこの「われ」の消失感覚のバリエーションとして理解できる。

　これらの背後には、正しい「目鼻耳」と確かな「頭」をもって世界に在り続けることの困難があるのだろう。

　そのような体感をもつ「われ」は、「かたつむり」や「雛人形」や「魔法瓶」や「子の口」や「喫泉」など、日常のなかのささやかなものたちをきっかけとして、一気に世界の向こう側に消えてしまいそうになる。

★

　次に、これまでにみてきたような身体感覚が、一首のなかで或る特定の構造をもって表現されている例をみてみよう。

●主客の二重性

掃除機をかけつつわれは背後なる冬青空へ吸はれんとせり　『ヘブライ暦』

「冬青空へ吸はれんとせり」というかたちで前述の「われの消失」感覚がみられるのだが、特に注目したいのは「掃除機をかけ」ている筈の「われ」が同時に「背後なる冬青空へ吸はれんとせり」という二重性を帯びていることだ。「掃除機をかけ」る行為の主体であった筈の「われ」が、五七五七七の空間のなかでいつの間にか吸われる位置に移動している。

主体の転移というか、主客の入れ替わりというか、数学などでいう「クラインの壺」の構造を思わせるようなこの感覚が小島作品には頻出する。

ちなみに前述の「われさかしまに」「うらがへるわれ」や後述する「内外のどこからわたしであるかわからぬ」などの句にも、内部と外部がいつの間にか繋がってしまう「クラインの壺」のかたちを連想させるところがあって興味深い。さらに幾つかの例をみてゆこう。

冷蔵庫に五ポンドの肉を蔵《しま》ひをへしづかなりふとわれも蔵はる　『ヘブライ暦』

「われも蔵はる」にやはり「われの消失」の感覚がみられる。また「冷蔵庫に五ポンドの肉を蔵ひをへ」た筈の「われ」自身も何故か「蔵はる」という主客の二重性も共通している。

霧の奥へみちびく霧の道ありてわれみづからへ入りゆくごとし　『憂春』

「霧の奥へみちびく霧の道」が、そのまま「われみづからへ入りゆくごとし」という歌の構造に、世界と「われ」の二重性が端的に表現されている。

火に炙る魚うらがへしじぷじぷと西日があたる背中が暑し　『憂春』

「火に炙る魚をうらがへし」ている自分自身の背中に暑い西日が当たっている。「魚」を炙りつつ同時に自分自身が「魚」の位置にあるわけだ。両者にかかる「じぷじぷ」のオノマトペが、その感覚に一層の生々しさを与えている。

らつきようの上に泪のつぶ落ちてらつきようは泣くわたしのごとし　『憂春』

ここでは「泣くわたし」の傍点によって、「らつきよう」

と「わたし」の二重性が念押しされている。その上に「泪のつぶ」が落ちたことによって、「わたし」の魂が「らつきよう」のなかに吸われてしまったのだろうか。他にも以下のようなかたちで、同様の感覚の反映をみることができる。

みづならを大みづならを仰ぎつつじりじりとわが脚が根になる　『エトピリカ』

海見ればからだのなかにせりあがる海あり冬の日輪はるか　『憂春』

紋白の翅をつまめばやはらかく腹に皺よる蝶もわたしも

喉の奥からんと晴れて空さむしわが声のごとく鵙のこゑ聴く

虹一つつとひるがほの花に入り出で来るまでを耳こそばゆし　『月光公園』

冬の川覗きてをれば何者かわれを覗けり高き天《そら》より

たましひを鞄に納《しま》ひをりをりに鞄をのぞくあるいは人も　『獅子座流星群』

★

ここまでの読みを通して、小島作品には「目鼻耳の喪失」「頭の巨大化」「われの消失」などの特徴的な身体感覚がみられ、さらに主客の入れ替わりを典型とする、世界と自己の「クラインの壺」的な二重構造が繰り返し現れていることがわかると思う。

「主客の二重性」の不思議な歌を何首もみているうちに、私はふと「実相に観入して自然・自己一元の生を写す」という斎藤茂吉による写生理念を連想した。

意識的な作歌のスタンスとしてではなく、いわば天然の身体感覚によって、小島ゆかりの表現上のアプローチは、この理念に微妙にズレながらも重なっている部分があるのではないか。

ただ、その結果は必ずしもいわゆる写生歌にはなっていない。このズレの理由を考えると、おそらくは作者が表現に先立つ体感のレベルで、現に「自然・自己一元の生」の不思議さを潜ってしまうことから、それ自体が相対化されて「主客の二重性」などのかたちで一首の前面に出るためと思われる。

それによって詠われた作品は「『自然・自己一元の生を写す』ことを写す」というメタ的な印象を帯びることになる。

ぎいと開く裏木戸なくて内外《うちそと》のどこからわたしであるかわからぬ　『エトピリカ』

藍青《らんじやう》の天《そら》のふかみに昨夜《よべ》切りし爪の形の月浮かびをり
『水陽炎』

小島ゆかりの第一歌集『水陽炎』の巻頭歌である。

私はこれまで「昨夜切りし爪の形の月」の部分を、詩的で巧みな修辞のように感じていたのだが、今回の読みを通して、その印象は大きく変化した。

「月」が「昨夜切りし爪」のようだというのは、表現上のメタファーであると同時に、おそらくは、より深い次元での身体的な感覚に根ざしているのだろう。作者は出発時点から、言葉のなかにこのような世界と自己の二重性を抱え込んで詠い始めていたのだ。

ただこの時期の作には、その特性がまだそれほど露わになってはいない。例えば、引用歌では「形」の一語に初期作品特有の初々しさを感じる。これによって一首は読者に対して開かれた秀作になっていると思う。だが、現在の作者であればよりダイレクトに「月」と「爪」を結びつけるのではないか。「われ」の感覚のなかでは両者の繋がりは「形」以上のものだろうから。

小島ゆかりはこの世に身体をもって在る「われ」の不安定さ、わからなさ、不思議さの底を潜り続けることで、独自の作品世界を生み出したのである。

（角川「短歌」06・3月）

Profile
ほむら・ひろし　1962年〜。歌人。歌集に『シンジケート』『ドライドライアイス』評論集に『短歌の友人』など著作多数。

小島ゆかり論

変化と節目の時期

小高　賢　Kodaka Ken

昨年の暮れに刊行された『小島ゆかり作品集』（柊書房）の年譜の二〇〇一年には、つぎのように記されている。

夫、十年間の米国生活に区切りをつけて帰国。二月、歌集『希望』により第五回若山牧水賞受賞。「婦人之友」生活歌集選者となる。六月、インターネット短歌入門「うたう☆クラブ」（短歌研究社）コーチとなる。

以後の年譜には、毎年のように多くの雑誌、新聞などの新しい選者に指名されている事実が目につく。二〇〇一年以前にくらべ、著書をふくめてその活動はいちだんと華やかになっている。

何が彼女のなかで変わったのか。あとがきも、「私の中にゆるやかな変化が訪れつつある」と書いているが、おそらくひとつの区切り感があったのであろう。ちょうど、四十一歳から四十三歳の時期である。たまたま、偶然とはいえ、私の歌集『本所両国』が、小島ゆかりさんと、牧水賞を同時受賞することになった。口の悪い連中の中には、「まあ、小島さんの付録だね」なんていう友人もいた。ねずみ色の中年男にくらべ、華やかさがちがっていた。

授賞式の前夜、県のご好意で、選考委員、知事や関係者との席が設けられる。それは毎年の恒例らしい。高級ワインなどがふんだんにいただけるめったにない機会である。さらに二次会などもあった。

感嘆したのは、そういう席での小島さんの立ち振る舞いである。編集者だったという仕事柄（もちろん接待側である）、そういう場をしらないわけではない。さまざまな受賞者を見てきたが、小島ゆかりさんぐらい受賞が似合う方はいない。つまりその場に見事にはまるのである。受け応えなどもまことに当意即妙、その存在感が出席者にいつの間にか刻印される。選考委員の馬場あき子さんも、華やかで、いつも印象深いのであるが、小島さんも決して負けていない。パワフルさでは馬場さんに譲るだろうが、その代わり若さがある。おいしいお酒だけでなく、小島さんに圧倒された一夜だったという記憶はいまでも鮮明である。

　おそらく、このようなことは彼女がポピュラリティにあふれているというひとつの証拠なのであろう。日本人には晦渋で、暗くて、売れないものが、玄人の文学なのだという風潮がどこかにある。いいかえれば、人気のあることを蔑する傾向といってもよいだろう。そこには判官贔屓もあるだろうし、また負け惜しみも混じっているかもしれない。

　小島ゆかりの強さは、そういう隠微な雰囲気にまったく負けていないところである。『希望』といった歌集タイトルもその一例かもしれない。向日的で、明快、かつ分かりやすい。何かが吹っ切れたのかもしれない。「コスモス」、「桟橋」で鍛えられた技術の裏づけもある。つまり、歌がうまい。自分の思いを訴えようとする姿勢も堂々としている。しかし、それはけっして大衆に媚びようとするものではない。結果として、書くもの、考えていること（作品）が、読者の共感をうけるのである。そこに先にいった明るい人間性も加味される。そういった前向きさは、いまの時代、じつはなかなか得がたい。

　作品を少しみてみよう。

月ひと夜ふた夜満ちつつ厨房にむりッむりッとたまねぎ芽吹く　『希望』

寄せ鍋の泡ぶく立つた煮え立つた　この世のことはごちやごちやとする

雪の夜の鍋のとんとんとんがらしハラヒリホレと舌を見せ合ふ

あきの夜長の陶のふくろふ訥弁の「なるほど、なるほど」われを慰む

焼きはまぐり泡噴きこぼしさあ食べよ食べよと殼を全開にせり

　いずれもみな軽やかで、おもしろい。一首を味わった後、読み手に苦味や辛さがのこらない。もちろん濃厚すぎて、胃や胸にもたれる類の作品でもない。おそらく消化もいいだろう。フランス料理でなく、気軽に立ち寄るイタメシのよさなんていってもいいかもしれない。素材は身の回りのものである。しかし、彼女の手にかかると、おいしい一品料理の一首として立ち上がってくる。

　例えば、一首目。よく読むとじつはこわい歌でもあるのだが、「むりッむりッと」というオノマトペがそういう要素をうまくコーティングしている。ユーモアが背後から立ち上がってくる。愛唱性の生まれる所以である。

　二首目の上句、童謡やわらべ歌に出典があるのかもしれ

ないが、リズムがとてもよい。そこに「ごちゃごちゃとする」という口語が加わる。覚えやすい。読者に好感をもたれる。この世という大きな問題が、軽妙に表現されている。小島におけるオノマトペと比喩のたくみさはよくいわれることである。三首目など、その典型ではないか。四首目の会話調もそうだが、やわらかく、かつリズミカルに読者を巻き込んでゆく。

小島ゆかりの作品に、宮柊二や高野公彦といった結社の先輩の影響があるのはいうまでもないが、一方、『希望』では、そこここに白秋の童謡からの摂取を感じる。五首目など、とりわけそんな感じがするのだが、いかがであろうか。「砂山」「あわて床屋」「ちんちん千鳥」「雀のお宿」といった童謡に近い親しみやすさ。スペースがあれば、具体的に比較対照してみたいほどである。おそらくそういうことも、多くの読者に迎えられる大きな理由なのではないか。

一方、この時期の小島作品にとって大きいのは対象としての家族、とりわけ子供である。

思春期はものおもふ春　靴下の丈を上げたり下げたりしをり

『希望』

女子《をみなご》が修学旅行の荷に入れし茗荷のやうなリンスの小瓶

さうぢやない　心に叫び中年の体重をかけて子の頬打てり

あらたまのまだまつさらな腕や胸はたたくやうに少女着替へす

どこにでもゐるやうなわが二人子がどこにもをらぬときうろたへぬ

靴下の丈を上げたり下げたりしている方は、最近、角川短歌賞を受賞したなおさんであろうか。微妙な年齢にさしかかりつつある子どもの姿を、じつに鮮やかに捉えている。なるほど母親はこういうところまで見ているのかと、感心する。

男の不在がちな家庭。そこで三首目がうまれる。『希望』の代表歌のひとつであろう。リアルだし、母親としての真剣さが「体重かけて」によく出ている。たとえ短歌を知らない読者でもうなずく一首だ。

女性としてのこういう頑張りも支持を受ける要因であり、年齢を超えて多くの読者を獲得した理由なのではないか。『希望』はその意味でも変化の、節目の時期だった。

（角川「短歌」06・3月）

Profile
こだか・けん　1944年〜。歌人。歌集『耳の伝説』『本所両国』、評論集『宮柊二とその時代』『この一身は努めたり　上田三四二の生と文学』など。

小島さんにアレコレ聞いてみた

質問　大松達知

Q　とくに好きな小説家はいますか。また、いちばん好きな作品はなんですか。
A　現代作家に限定すると、レイモンド・カーヴァー。作品なら『ささやかだけれど、役にたつこと』がいいですね。
Q　好きな画家はだれですか。
A　アンリ・ルソー、クロード・モネが好きです。日本画なら、竹内浩一です。
Q　好きな花は何ですか。
A　やっぱり、チューリップです。
Q　一番好きな俳人の一句をあげてもらえますか。
A　ズバリ、橋閒石「胴伸びるときの無想や秋の猫」。
A　もういちど見たい映画はありますか。
Q　そうですねえ、行定勲監督の『きょうのできごと』（原作・柴崎友香）はもう一度見たいと思います。
Q　「源氏物語」の登場人物ではだれが一番好きですか。
A　朧月夜でしょうか。
Q　本を読んで泣いたことはありますか。それはどんな本ですか。
A　本を読んでもテレビを見ても、よく泣きますが、特にあげると、中野孝次著『ハラスのいた日々』で泣いたのを覚えています。
Q　歌を作る時間帯はいつごろですか。
A　いろいろな空き時間に作ります。とくに決まっていないです。
Q　いまお勧めのお笑い芸人はだれですか。
A　佐久間一行さん、わが家の女三人は「さっくん」と呼んでいます。
Q　娘さんたちに一番好評な料理は何ですか。
A　各種のごはん（豆ごはん、生姜ごはん、茸ごはん、など）がいつも好評です。
Q　いままでに食べたもので最も印象に残っているものは何ですか。
A　山形県の鮭川村で、実作指導した小学生のお母さん方が作ってくださった、「いなごの佃煮唐揚げ」。勇気をふるいおこして食べたら、けっこうおいしかったです！
Q　これから小島さんが付き合うとしたら、どんな人がいいですか。
A　ふふふ。やっぱりスポーツ選手が好きです。いまは、サッカー選手の内田篤人さん（シャルケ　ドイツ）、とか。
Q　長距離の移動中は何をしていますか。
A　だいたい、ぼんやりしています。
Q　なれるとしたら、どのプロスポーツの選手になりますか。
A　バレーボールやサッカーなどの球技の選手がいいです。
Q　世界のどこにでも連れて行ってもらえるとしたら、どこに行きたいですか。
A　ケニアですかねえ。自然動物保護区に行ってみたいです。
Q　日本人以外に生まれるとしたら、どこの国の人に生まれ変わりたいですか。
A　国、というより、地中海沿岸に生まれたいと思います。
Q　3日間なんでも好きなことをしていいと言われたら、何をやりますか。
A　タイムスリップして、むかし飼っていた犬の太郎と遊びたいなあ。
Q　いまからアルバイトをするとしたら何をやりたいですか。
A　家畜の世話をするなんて、いいですよね。
Q　これからの人生の中で何か始めたいと思うことはありますか。
A　本当は乗馬をしたいですが、周囲の反対がすごいんです。「足が短くて無理」とか、「その年で」とか、「ぜったい骨折するからやめて」なんて、言われています。

対談

正木ゆう子×小島ゆかり

卵を産む感じ

小島　正木さん、このたびはおめでとうございます。
正木　ありがとうございます。
小島　たいへん難しい名前なんですが、芸術選奨文部科学大臣賞、ですよね。私から見ると、正木さんは実力からいってどんな賞をとっても不思議ではないと思ってますけど、それでも賞っていうのはいろんな縁とか運がありますから。作者としても友人としても心からうれしく思っています。
正木　ありがとうございます。私、案外、賞に縁がないのよ。
小島　そうですか？　でも『起きて、立って、服を着ること』、たしか俳人協会評論賞では。
正木　そうですね。あれだけですね。句集は初めてなんです。
小島　無冠の女王なのね。そうなんだ。それはかっこいいなあ。今回の『静かな水』っていう句集なんですけど。最初いただいたときに「あっ」と思ったのは、基本的にはとても美しい文語の俳句を作る正木さんが、口語のタイトルをつけたっていうのが衝撃だったんです。
正木　これはね。「静かなる水」じゃあタイトルとしては散文的でしょう。文語だとかえって散文的になるから、口語にしたんです。
小島　なるほど。逆を行ったわけね。ある時期からというか、特にこの句集に集中しているなあと思ったのは、水へのこだわりっていうものね。
正木　小島さんもそうかもしれないけど、詠むときってけっこう無意識でしょう。計画的にできるものじゃないから、あるとき、水の句ばっかり作ってるなって気づいたんです。それで逆に、潜在的に自分の興味を知るってことあるでしょう。
小島　屋久島に行ったからかなって思ったんですけど。
正木　それはその後なんです。それで、潜在的な興味に気づいたら、それが意識的な興味になるでしょう。そしたら意識的に詠み始めるんですよね。そうすると、今度は木の中を水が通っていると感じたり、木へ移行していくわけですね。そして屋久島へ行くことになったんですけど。潜在的な興味が顕在化して、木から月へ、宇宙へと広がっていくっていうことってありますよね、創作は。

小島 でも宇宙志向は初期からありますよね、正木さんは。

正木 そうかしら。

小島 ええ。意識的じゃないかもしれないけど、表現が、飛躍が、非常に弾力があるから、表現の向こう側にいつも宇宙が見えてるっていうかね。そんな感じがします。

正木 最後は大きいところに持っていきたいんですよね。癖。

小島 なるほどねえ（笑）。大きいところが好きなわけね。

正木 特に俳句は短いので、なんかこう、ワッと大きいところに持っていかないと、小さいところで終わっちゃいがちでしょう。それもまた面白いんですけどね、極大か極小か。

小島 あまり作風の変化はないのですか。割と初期からすごい俳句だったんで、何か信じてまっすぐに来てるのか、見えないところで紆余曲折があるのかな。

正木 私は作風ってないですよ。その場その場で揺れ動きながら、そのへんを自分で規定しないように。

小島 でも、結果的には、誰とも違う正木さんの宇宙ですよね、どの句集も。

正木 自分の姿って見えない。わからない。

小島 見えない見えない。自分の作品がいちばんわかんないよね。だから最近ぼちぼち新人賞の選考委員なんてなっちゃうとね、みんな一所懸命出してくるわけだから、こちらも真剣になっていろんなこと思うじゃない。そうするとね、いろいろ批評しながら、心の中でじゃあお前はどうなのって、あいくちが自分自身に返ってくるのね。だから恐ろしいことだと思うよね。…何年？　俳句。

正木 三十年。

小島 うわあー見なおした。私は二十六年ぐらい。

正木 そんなに変わらないじゃない（笑）。

小島 いや変わる。その四年は大きい（笑）。ま、年もちがうしね。四年も違わないか？

正木 二十七年生まれよ私。

小島 じゃ四年だ。ちょうど。

正木 二十一で始めたのね、お互い。おんなじだ。

小島 だからその、何にも考えない、まっさらな状態で作っていた時期の自分と、少しずつ濁っていく自分にあるとき気づいたりして、戻るのとは違うけど、一周回ったり二周回ったりして、もう一度まっさらな地点に戻りたいっていう欲求はいつもあるのよね。

正木 あのね、まっさらな状態に戻りたいって言うか。俳句ってね、卵産むみたいにできるのね。

小島 卵？　卵産んだことないからわかんないけど（笑）。

正木 計画してできないの。短歌とそのへん違うと思うんですよね。短歌はやっぱり叙するってところがあるでしょう、上から下へ、計画的にっていうかね。俳句の場合はまるごと生む感じだから、つねにまっさら。次に句ができるかどうか、いつも分からないっていう感じですよ、私の場合。

小島　でも自己類型ってない？

正木　それはありますよね。

小島　ふーん…。そうか。子供は二回産んでますけどね。卵は産んだことない。正木さんはありそうね、卵（笑）。

正木　実はあるんです、とか言って（笑）。でも短歌っていうのは卵産む感じはないですか。

小島　個々のあるフレーズとか決め手になる表現は、卵を産むようにというか、どっかから来るんだよね。そういうのはあるんだけども、でも三十一文字が急にぽこっと出ることはない。上の句がこう浮かんできて、自分に訪れたイメージの中に自分で入っていく、そういう作業をいつもしている。

正木　だから思想的だし哲学的ですよね、短歌の方が。

小島　でも女々しいよね。

正木　言っちゃうからね。

小島　うん。必ず自分っていうものを言っちゃうから。こないだある会でね、坪内稔典さんが面白いことを言ってらしたんだけど、俳句ってのはすごい短いでしょ。だから「私が」「私が」っていうような、自我でもう身動きとれないような、うんと若い時期っていうのは、余程才能がなければいい句はできなくて、世界の中心が私じゃなくなったころにいい作品ができやすいっていうのを聞いて、おおーなるほどなって思ったんだけど。

正木　自分のこと言ってるうちに終わっちゃうものね。

小島　うんうん。自分のこと言ったら十七音なんて終わっちゃうもんね。

正木　よくね、作品の中に自分をなくすって言うでしょ。でもそれって、自分に徹したところでしか、自分をなくすことはできないって思うんですよね。

小島　ええ。それは誰だったかな、ちょっと忘れちゃったけど、ある歌人も言ってて、要するに、今はもう何でもありな分だけテーマもなければ、何かに対するっていう目標もないし、例えば戦争世代のように時代や社会の強烈な抵抗感がある時代じゃないでしょ。そうしたときに、みんな自分の小世界に籠る作品になっていくんだけど、それはそれでいいじゃないかってね。自分に徹しきったときに、自分に徹底的に徹してまた見える世界があるだろうって、言ってる人がいて。ああーって思ったの。

正木　私の作り方はそうですね。だって自分を通してしか世界は見えないから。いきなり自分を、自分は既にあるわけで、それを否定しようがないでしょ。私はかえって自分に徹するっていうふうに思ってますけどね。自分がどう感じるか。

小島　自分っていうこと自体難しいよね。今正木さんが言った自分っていうのは、私は正木さんの作品の愛読者だからその意味合いがよくわかるけど、それを自分の主張とか価値観みたいなものと理解されちゃうと、ちょっと違うと思うんだよね。

正木　そうなんですよね。短歌の場合はそういうのが入ってきちゃうでしょ。俳句の場合は感覚的だから、感覚だけで終わることができる。
小島 でも肉体的な感覚だよね、それは。頭だけじゃなくて。
正木 わりあい理屈っぽくならずに自分に徹するってことは、俳句の方ができやすいかもしれないですね。

短歌モード・俳句モード

小島 いつ作るの？ 俳句は。
正木 いつ？ 締め切りのあるとき。
小島 一日中？
正木 そうですね。あのね、私の場合は文章書くのと俳句作るのは全然別。それは短歌もそうでしょ？
小島 うん。全然別あたま。
正木 ねえ。だから俳句を作るモードになったら、出たり入ったりできないんですよね。だからそれにしばらく徹して、出たらまた入るのは大ごとって感じ、私の場合は。やっぱりそうですか？
小島 わかるわかる。そうそうそう。よく締め切り過ぎるぐらいにぎりぎり自分のエネルギーが高まってきて、いくつか作品ができて、このまま作り続けてれば締め切りなんて怖くないと思うんだけど、必ず休むんだよね、終わった後ね（笑）。今日ぐらいいいだろうとかね、ちょっと二、三日ぐらいいいだろうと思うと、また入るのが大変。
正木 やっぱりそう？ こんなことはないの、散文と俳句の中間に短歌があるとか、そういうことはない？ 私短歌作ったことがないから。
小島 俳句作者になったことがないから。
正木 ううん、あるじゃないの。ＮＨＫで（笑）。
小島 だってそんなの…（笑）
正木 その話やめる？
小島 たいへんたいへん、あれは、ＮＨＫの企画でね、月に一回だけ、深見けん二先生と吟行会に行って、その場で俳句を作るって。それを見ていただいて。
正木 それでどうですか、俳句と短歌の違い。
小島 うーんやっぱりね、俳句は短い。だから私なんかは、あっいいぞって思うと、季語がないんですよね。季語を入れると自分の言いたいことが言えない。イメージの中で、つねに向こう側へ行こう行こうとしてるわけ。そうするとね、ちょっと窮屈なのね、十七音。よほど凝縮された、誤解を受けちゃいけないけど、訓練ていうか、俳句との付き合いの時間の貯えられたものがないと、かなり難しい。
正木 考えないんですよね。俳句は考える以前なんですよ。感覚っていうか。
小島 ちょこっとわかるけど。本当にはわかんない。あの時はもう大変でね。ふだん短歌作ってるわけでしょ。で、明日は俳句吟行だっていうと、その前はどんなに締め切りあっても短歌は一切排除して、俳句をずーっと読み続けるわけ。
正木 そうすると五七五になるわけでしょ。
小島 そうそう、体がね。それで行って、その日だけ俳句作って帰ってくるとまた短歌をずーっと読んでね、モードを戻すの。

正木　そうね、その読むってすごくいいわよね。だから私、俳句を作りたいとか短歌を作りたいっていう方は、作り始めるんじゃなくて読めばいいんだよね。

小島　そうそう。まず読む。言葉の向こうに心を探すってことが、すごくやっぱり。

正木　俳句あたまになったり、短歌あたまになったりするのよね。

小島　頭も体も俳句モードあるいは短歌モードに入らないとだめ。でも私このごろ短歌できないと、いっつも俳句読んでる。

正木　えっ。俳句を読んで短歌ができますか？　へー本当に。そういえば私もそういうことあったっけ。俳句できないとき短歌読んでた時期もありましたね。

小島　このごろずっとそれ。短歌ができなくて短歌を読むと、ある時期まではそれでいけたんだけど、このごろはね、何となくそれ行き詰まってきちゃって。それで、自分は言葉と出合いたいわけですよね、すごく。しかも奇抜な言葉じゃなくて、例えば水なら水っていう言葉の、新しい触感がほしいわけだよね。そうするとね、俳句は短歌よりいっそう凝縮された、言葉と言葉の発見がすごくあるんですよ。短歌のモードに入ってるから、俳句を読んで言葉の手触りだけもらうっていう。

正木　それよくわかる。私もね、俳句を作るとき短歌から触発された時期が何年もあったり、もちろん俳句から触発されることも。今ね、それがない時期で、私、しばらく前から何を読んでも感じなくなっちゃって。

小島　えっ。どうするどうする？　不感症期に入っちゃった？

正木　だから、体験するっていうことに移行したんですよね。しばらく前から。つまり何かを見るっていうね。去年の秋は鷹の渡り…、一月にはクジラを見てきたんですよ。先月はオーロラ見たの。そういうことをやって、自分の中にぽかすか何かを入れて、ちょっと揺さぶったり醸したりしてみようかなっていう時期なんですよ。次できないかもしれない、俳句。

小島　いいねえ、それ。夫も大切にしてね（笑）。へえーそう。でもそういう違う時期、違うステージに入るってことはありますね。確かに。

正木　ありますね。そしてそれが、句集や歌集を作ったところで一つ区切りができるってことありますよね。別に、次新しいことしようと思うわけじゃないんだけど、今までのやり方じゃできないんだもの。

小島　そう。たびたびそうなんですよね。今までいいかと思うと、まったくぱたっとできなくなって、また自分で苦労して何かできる世界に入っていて、で、いいかと思うとまただめになっちゃう。どんどん自分のエネルギーを、眠っているはずのエネルギーを呼び覚ますなにか変化があるんだよね。

正木　作り続けるためには、しなやかでいるしかないですよ。

小島　うーん、しなやかねー。私はあまりしなやかじゃないかなあ。

選歌・選句について

正木　そんなことないでしょう。しなやかだと思いますよ。こんど、熊日歌壇の選者になられるんですけど、私も最近、たびたび選句の機会があるんですけど、選ぶのと作るのとの違いはどうなるんでしょう。もちろん大きく違うんだけど、また新しいでしょう、選ぶってことは。

小島　そうですねえ。新聞の選歌はもちろん初めてなんですけど、ほかの場面で選歌というのはいろいろ経験があるんですけど、なんていうのかしら、選歌をすると、ある意味では歌の幅広さっていうのかしらねえ。歌っていうのはこういうもんなんだって規定してはいけないっていう問いかけがいつも自分にきますよね。ある人にとっては歌の喜びの表現であるかもしれないし、ある人にとっては時代の証言になるかもしれないし、またある人にとってはカタルシスっていうか、そういうものであるかもしれないし。どの方向もやっぱり否定してはいけないっていうか、つまり、歴史を遡っていくと、千三百年の様々な波の中で、歌っていうのは本当にいろんな側面を持ってきたんですよね。だからどんな側面もありというような前提でもってね、だけども詩であるってことは、やっぱり核心にあるだろう。そのへんの兼ね合いがとても難しい。

正木　新聞の歌壇と俳壇を見比べてみると、題材、素材が断然短歌の方が豊かでしょう。何でも詠めるっていう感じが、俳句からみるとするんですよね。

小島　それはやっぱり、歴史が何でもありを許してきたからだろうと思うんだけど。

正木　言葉の数も実際多いわけですし。

小島　新聞選句の経験者としてはどうですか。

正木　俳句は断然、年齢が高いと思いますよ、短歌より。そうすると、これは全然別の話になっちゃうけど、俳句の底力っていうのかしら、ものすごいエネルギーで皆さん作っていらっしゃるのよね。もうびっくりするの。月に二回送ってくるんですけど。圧倒されます。必ずしもプロのような上手な俳句でなくても、寝たきりなのでうまく書けませんって書いてあったりするのね。そういうの見ると、やっぱり俳句や短歌は、俳句の方が余計何もできなくてもできるでしょ、寝たきりでも何でもね。だからそういった一面を私は選句を始めてから知りましたね。

小島　そういった意味では日本の短詩型というのは独特ですよね。世界に類をみない。今日から誰でも詩人、みたいな。そういう側面があって。

正木　で、ビギナーズラックってのがありますよね。たぶん俳句の方が、季語が入るでしょ、季語が五文字入るとあと十二文字でしょ。だから入りやすいと思うんですよね。季語があれば必ず自然とかかわるわけでしょう。自然とかかかわるってことは、誰でも必ず毎日できることですよ。何にも事件がなくても、物事が起こらなくても、俳句はできるんです。たとえば大根食べたとか。葱刻んだだけでもできるでしょ。そういう一面に私は圧倒される日々なんですよ、選句を始めてから。

小島　俳句は入りやすいけど、やっぱりその分、奥の深さってのがすごいですよね。

正木　そうですね。でも、新聞でも面白いのありますよ。

小島　プロの人じゃなくて、手づかみで作っているような作品の中に、思わぬ言葉の手触りがあるんですよね。それはすごく教えられることが多いです。これはこういう言葉だったんだって、自分が知ってる言葉は何重にもオブラートがかかって、本質を失った、プロ歌人が一所懸命こねくりまわしている言葉は、異質なものになってしまったって気づくこともありますね。それは初心者のカルチャーセンターなんかやってて、いつも思うことなんですけどね。

阿蘇・原始のエネルギー

正木　じゃあ熊本の話を。

小島　ええ。これから熊日歌壇をやらせていただくものとしては、熊本人の気質はどういうもんだろうなあ、なんて思ったりするんですけど。

正木　今日の大臣賞の受賞のもうひとかたが、石牟礼道子さんだったんです。それでこの前読売文学賞は長谷川櫂さんだったでしょう。なんか、熊本ってすごい盛り上がってるっていうか、元気なんですよ。それはやっぱり阿蘇山っていう象徴があるでしょう。だから阿蘇山の火口に潜んでいるかもしれない火の鳥のエネルギーが噴出しているかな、なんて思うんですよ。

小島　とても二十一世紀人のいうこととは思えないね（笑）。そうか、熊本人はそういう人々なんだ。でも熊本ってすごいんです。短歌の方もね、もちろん安永さんがいらっしゃるし、河野裕子さんも熊本のご出身だしね、パワーがすごいですね。やっぱり阿蘇山なのかしら。

正木　うん、阿蘇山の力だって、石牟礼さんと話してたんです。

小島　私なんてだめだな。名古屋だから。しゃちほこの力なんてたかがしれてる（笑）。

正木　自分が出身地じゃないところの地方性に触れて、これからずっと選歌なさるって、面白い体験ですよね。

小島　すごくわくわくしますね。たとえば、あちこちの短歌大会へ招いていただいて出かけていくのもとても楽しいんですよ。とりわけ南の方が好きなんですね。だけど時々しかられるのは、「小島さん、いつもおおざっぱに南、南っていうけどね、長崎と熊本と宮崎じゃ全然違うんだから一緒くたにいわないでくれ」ってね。やっぱり南の方はすごく好き。まず、行くでしょ、空港にどなたか来てくださるでしょ、みんな笑ってるよ南の人は（笑）。そしてみんな声が大きいよ。

正木　うふふふ。そうかもね。

小島　それは明らかに違う。もちろん北の方は北の方でとても細やかなお心遣いがあるんですけど。
正木　去年の秋にいかれたんでしょ、熊本は。
小島　そうそう。今年も。
正木　どこか行かれました？
小島　あのとき時間がなくてね、熊本日日新聞社の専務さん（橋元さん）がね、近辺の、細川ガラシャにゆかりのあるところとか、いろんなとこ連れていってくれたんですけど、大急ぎだったの。一昨年かな？　二年ぐらい前に、熊本で大きな短歌のシンポジウムがあったんですよね。そのとき一晩余分に泊まって、安永蕗子さんとこ遊びに行って、江津湖を安永さんちの犬を散歩させたりね。それでもう半日しかないのに、行こうって、安永さんと登りましたよ、阿蘇に。
正木　私はもちろん熊本出身なんだけど、ここ数年、ものすごく熊本のことを強く感じるんですよ。最初に私が産土ってことを強く感じたのは、中村汀女の句を全句通して読んだときに、言葉自体に水気が多いって感じたんです。あの方の〈外にも出よふるるばかりに春の月〉、あれは東京で詠んだ句ではあるけれど、言葉に水気を含んでいるでしょう。やっぱり江津湖のほとりで育たれたからだなって思ったのね。それで私も意識したの。私の言葉ももしかしたらそうかしらって。
　それで産土というのはこんなにも言葉に影響するものかっていうことがわかったの。それからは自分でも意識的になりました。ほんの、ここ一、二年の間に、それをものすごく強烈に感じるようになって、去年は、阿蘇の外輪山の荻岳（波野村）っていうところと、小国の岩磐にいったんですけど、その両方とも、立つと三六〇度見えるんですよ。熊本で生まれて二十年近くいて、毎年毎年行ってても、そういう場所に立ったことがなかったんですよね。去年初めてそういうところに立って、そこで私エネルギーを火の鳥からもらったような気がするぐらい、強烈な体験だったのね。ちょうどその時期に手塚治虫の「火の鳥」を読んだんですよ。火の鳥は古代阿蘇の火口から生まれてるのよね。そして第一回は熊襲の話ですよ。なんだか、そういうエネルギーが直接今に残ってる感じがするの。
小島　あー、分かってきた。なんか分かってきた。正木さんは人間的にも面白くて大好きなんだけど、どこか原始的なんですよね。やたら無鉄砲なところがあったりして。
正木　動物に近いんだ（笑）。
小島　火の鳥っていわれたら、分かるよそれは（笑）。
正木　できればその辺で裸で暮らしたいぐらい。
小島　うおーとか言いながら駆け回っていそうだよね。
正木　だからね、そういう三六〇度の眺望のとこなんか行くと、うれしくて。
小島　もう一つ言うと、火の鳥たるところは、原始的でワオワオなんだけども、原始の中でも誇り高いのよ。ぴっと立ってるっていうか。それが、火の鳥だー。だめよ黒なんて着てちゃ（笑）。

正木　今日はフォーマルで（笑）。

小島　いま短大で授業持ってるんですけど、詩もやってるのね。最初自信がありませんって断ったらね、学長さんが「大丈夫、敵は何も知らないから、小島さんが知ってる程度のことで十分だ」って言われてね、私すぐ調子に乗るから、「あらそうおー」なんて言ってなっちゃった。で、俳句も教えてんの。教えてるっていっても、ゆう子さんのとか、いい作品をプリントしていって、声を出して何度も読んで、これはこんなにいいわよっていうのを、ボディランゲージみたいに伝えるとね、学生さんも「そうかなあ」って感じで。

正木　圧倒されるのね（笑）。

小島　そう。それで阿蘇から帰ってきてね、たまたま短歌の順番だったんだけど、私、阿蘇へ行って来たから、みんなで三好達治読みましょうって、あの草千里の詩、プリントしていって朗読したのね。そしたら自分だけ陶酔しちゃって。阿蘇行ったことない子もいっぱいいるからね。先生どうしたんだろう、みたいな感じだった。行ってみると全然違う、詩への入り方が、詩に対する自分の身体の入り方が、やっぱり全然違って。

太陽があればいい、雲があればいい

正木　またプライベートな話になっちゃうけど、この句集、とても月を詠んだ句が多いんですよ。それがね、私最近興味が太陽へ移りつつあるの。去年荻岳に行ったときにね…

小島　不遜だね（笑）。月を捨てて太陽へ。

正木　そうじゃないの。月を見ても太陽を感じるようになったの。当然だけど、月は太陽に照らされてるって、それは頭では分かってたんだけど、私は月を見て太陽を感じることはなかったの、今まで。でも今は月を見て、同時に太陽の存在を感じるの。だってそうでしょ、こう照らしてるってはっきり分かるんだから。

小島　……へ？

正木　だって月がこう光ってるとすれば、こっちから照らしてるってはっきり分かるわけでしょう。

小島　……うーん？

正木　だって月は太陽に照らされてるんだから、月を見れば太陽の位置が即座に分かるわけじゃない。そういうふうにあんまり感じたことないでしょう。

小島　感じたことない。

正木　それ感じるってすごいいいものよ。そういう意味でシフトしたって言ってるの。つまり月を見て太陽を感じるようになったのね。そのきっかけっていうのが、荻岳に行った時、大暑の日の正午だったの。しかも満月の日だったのね。満月の日の正午に荻岳に行ったわけ。その場所すごくて、目の前に阿蘇を見ると、右手に九重、左手に祖母・傾山が見えるわけ。大の字になると、私はどこにいってもすぐ大の字に寝ころぶって言われてるんだけど、足を阿蘇山に向けると右手が九重、左手が祖母。それでしかも正午だから太陽が真上。そうすると真後ろに満月があるわけでしょう。その句は、「月はいま地球の真裏二つ蝶」っていう句に、なぜか全部蝶が番で飛んでたの。この句集の後だから、去年の句なんだけどね。その時に私は月と太陽を同時に、初めて感じたの。それ以来、私にとって月と太陽がセットになったのね。その何ヶ月か後に小国の岩磐に行ったんですよ。岩磐っていうのは古代太陽崇拝の祭場です。そこでもろ太陽崇拝の場所を見たわけね。そんなこんなで、いま月を見たら太陽を感じる身の上になってしまって。

小島　でもなんか、正木ゆう子さんの太陽崇拝っていうのは、なんかあまりにも即きすぎる感じ（笑）。

正木　ますます原始人に近くなるよねえ（笑）。

小島　それはある意味では両性具有みたいな世界を体現していくってこともあるよね。だから、女である私の表現っていうよりも、両方の性を、太陽と月の性を自分の中に取り込んでくるっていうような感じもするよね。やだ、ますます不思議な人になっちゃう。

正木　太陽があれば何にもいらない。

小島　嘘。お酒は要るくせに（笑）。

正木　この前、オーロラ観に行ったのだって、あれだって太陽の仕業ですものね。

小島　天体は不思議よねえ。私は天体っていうような感じよりもうちょっと単純なんだけど。なぜか空とか雲とか、そういうものが異様に好きなの。どんなぐちゃぐちゃな苦しいときでも、現実的なものではあまり癒されなくて、雲を見るとすごく気持ちがね、なんていうか自分がすごく満たされているっていうか。雲が自分の中に入ってくるような、とか。幼時体験になにかあるのかもしれないんだけど。

正木　私は雲に感じないから、とても珍しい話。

小島　雲はね、何とも言えない。一生の友というかね。夫よりも雲かな、なんてね。そういう感じ。（種類に）関係ない。なんでもいい。

正木　なんかこの会話、へんよね（笑）。太陽があれば何にもいらないとか、雲があればいいとか。

小島　雲は大好き。雨の雲でも好き。不思議な安堵感を感じるし、浮雲なんて典型的な。見てるうちに完全に自分がそこに乗ってるもん。意識の中ではね。

正木　ふう−ん。私雲に乗った夢見たことあるよ。あのね、そのとき、孫悟空の女房になってたのよね。それで雲の上に乗ってて。ちょっとこれすごい荒唐無稽な対談になっちゃうよ（笑）。

小島　あはは。頭がおかしいって言われる（笑）。

正木　でもほんとなの。

小島　私、自分の歌でも雲の歌がものすごく多くて。人に指摘されますけど。なにそれで、孫悟空がどうしたの。

正木　雲に乗ったことがあるっていう話。孫悟空の女房になって、雲の上に二人で座ってたのね。そしたら周りを雲を流れてくの。その雲がね、百年二百年て流れてった（笑）。

小島　ばっかじゃないの（笑）。
正木　ばかじゃないかしら（笑）。
小島　孫悟空っていい男だった？
正木　よく覚えていないけど。絵で見るよりよかったわ。あんまりお猿さんみたいじゃなかったし。
小島　そうなの。乗ってみたい、雲。
正木　雲は飛行機なんかからみると水の循環の、一部って言うか、重大な一部ですよね。上からみると、雲ってすごく低いのね。
小島　それで頭のいい人はね、小島さんは雲雲っていうけど、現代の雲は汚れてて、言うんだけど。でも私には雲は自然の恩寵としか思えない。理科ができないからそういうこと言うんだって、
正木　やっぱり循環を感じるのかな。
小島　そんな高尚なことじゃない。なんかもうその、あっ雲っていう（笑）。
三國　触ったことありますか、雲に。
小島　イメージの中では抱きしめてるし触ってるし、何でもしてるけど。
正木　触ったことあるってどういう意味？　おかしくなってる（笑）。
三國　山に登ると低いところにあるでしょう。
小島　山に行って、それが客観的に雲の中であっても、それは違うの、私にとっては。
正木　固まってないとだめなのね。
小島　そうそう。いかにも雲じゃないとだめ。
正木　そうね。飛行機で雲の中に入ると単なる白い霧ですものね。
小島　それはだめなの。霧なんかもへんに湿っぽくて（笑）。
正木　こういう人が芸術選奨とったり、選者になったり。新聞の読者が不安になるんじゃない。
三國　読者層が変わるかもしれません。
正木　でも本当に興味のあることは、正直言ってこういうことだもんね、私たち。
小島　実にそうですよね。
正木　別におりこうなことをわざわざしゃべるんじゃなきゃ、これが本音だものね。でも月を見て同時に太陽を感じるって言うと、科学的な人は当たり前っていうのよ。だって照らされてるんだから当たり前だって。でもそれは実感するのとまた別よね。そう思ってみると、月の光って太陽の光と似てるわよ。当たり前だけど。この前は、星を見ても太陽を感じたの。だって惑星ってそうじゃない。惑星は太陽の光を反射してるでしょ。水金地火木土天海冥の場合は、光は太陽の光なのよね。知らなかった？
小島　…知らなかった。私は、星は星なのよ（笑）。
正木　この前ね、月の近くに木星があったのよね。ああ、あれも月と同じ太陽の光を反射してるんだって、初めて星を見て太陽を感じたの。そのとき私が、月の近くの金星っていっ

たら、科学的な人がね、金星が月の近くに…満月だったのね、満月の近くに金星があるわけないだろうって言われたの。水金地火木っていうのは太陽から近い順でしょ。金星は地球の内側にあるでしょ。だから絶対に満月の近くには見えないって。分かる？　太陽の側にしかないわけ。

小島　ああー言われてみれば。

正木　私そういう科学者の友だちがいて、そういった科学的なこと聞くのもすごく好きなの。

小島　ああそう。でもいまいちよくわからないけどね。

正木　分からない？　だって、満月っていうのは太陽に照らされてるわけだから、地球の裏側にしかないよ。満月の時は必ず太陽と月は地球の反対側にある。そうしたら金星は、地球の夜の側にあるわけないでしょ。だって太陽の方にあるんだから。…わからないの？

小島　天体では何が起こっても不思議じゃない気がするけど（笑）。

三國　なんとなく。

正木　なんとなく？　ええー。あのねえ。この感覚ってやっぱり歳時記の感覚かも知れない。太陽があって、その太陽と地球の位置関係で四季って生まれてるわけよね。夏至と冬至があって、歳時記の二十四節季ってあるでしょ、あれは全部太陽と地球の位置関係。地球が二三度半傾いてるから、太陽に対して傾きがあるわけ、だから北半球によく陽があたる時季と、南半球にあたる時季とがある。それが夏と冬なの。春と秋っていうのは単なるその中間なの。季節ってのは二つしかない。それが歳時記的な、宇宙的な四季の解釈だと思う。だから、冬めく夏めくと、春めく秋めくは違う。春めくときは季節が転じる感覚がある。ところが夏めくときにはそれが深まる感覚。

小島　あっ、わかります。

正木　わかるでしょ。で、秋めくは季節が転じる感覚。寒い方へ。で、冬めくになるとそれが深まる感覚。だから春めく秋めくを古来詩歌ではとても重視するでしょう。

小島　なるほどなるほど、それは季節の体感として分かる。転じる深まるっていうのは。

正木　ね。それは単純に太陽と地球の位置関係で決まってるわけよ。そういう感覚って、俳句的かなって思う。私的なのかしら。

小島　あなた的だと思う。

正木　私いつか歳時記の解説を書いてて、それに気が付いたの。夏めく冬めくと、春めく、秋めくは違うってこと。

小島　でもそれはすごい発見だね。

正木　そうそう。そのときもすごいうれしかった。そういうふうな、人から見たら当たり前かも知れないけど、自分で本当に発見するのがね、何よりの喜び。

小島　それは私も同じ。いまおっしゃったような、言葉に潜んでいる、ふだん気づかないような面を、自分がぱっとつかんだときの喜びってすごいよね。

正木　それがそのまま作品になるわけではないけど。そういう喜びがあるから。また何か出てくるのよね。

小島　投稿して下さる方に安心感を与えるために、私は非常におかしい面もありますけど、たいへん人間を愛する、雲が好きとか、そういう手のものが好きっていうことは、ひるがえって自分が好きっていうことなんですよね。自分が好きってことはやっぱり人間が好きってことで、だから個々の作品の中に動いている人間の、大きな感情っていうよりも、普通なんだけども確かにここに人が生きているっていう、そういうのを味わうのがすごく好きなのよね。だから、そんなおかしな、奇抜なことばかりが好きじゃないので、それをここで強く申し上げておきたいと思います。

正木　そうよね。言葉って、肯定的でしょ、基本的に。だから短歌を詠んだり俳句を詠んだりすると、物事を肯定するようになりますよね。それが自分を好きになることだし、人を好きになることよね。こういう短詩型って、本当にいいことだと思うの。やるとやらないとでは大いに人生が違う。幸せになるよね。

小島　幸せになる。

正木　おめでたくなるとも言うけど（笑）。

小島　私はね（笑）。

正木　私も。

小島　とっても幸せになりますよね。何でもないことですごく豊かな時間が訪れるというか。

正木　それも、自分が必ずしもいいものを詠まなくても、人が詠んだいいものを読むのでもいいんだよね。

小島　非常に悩みがあるときに、自分がその迷路に入り込んじゃってるときに、しつこいようだけど、雲を見るとね、雲に照らされてる自分っていうのが見えるんですよね。そういう感じになったとき、自分を超えた何かからもらうエネルギーが自分のものになって、言葉がとっても生き生きとやってくるんですよね。それはすごく不思議な体験だけども。

正木　そうですね。短詩型っていうのは、あらかじめ形式があるからそれが割合楽でしょう。外国にはあまり詩人がいなくって、日本にこれだけ俳句短歌作っている人がいるっていうのは、形式があるから。何にもないところで、さあいくらでも言葉ならべて何か言いなさいというよりは、五七五や五七五七七に当てはめればいいんだから。

小島　去年ちょっと染織の方とお話する機会があったんだけど、雑誌のインタビューで、ろうけつ染めのパイオニアの方なんですけど、その方が非常に面白いことをおっしゃってて、日本の着物の染めとか織りの技術っていうのは、世界的に見てもすごいんですって。それは何かというと、定型があるから。着物の。定型がある中で洗練され、いろんなものが試され、技術が受け継がれ、伝統と新が一体になり、相克してね。それはやっぱり定型があるからだっておっしゃってね。

正木　へえーそれは面白い。おんなじって思ったのね。

小島　そう、おんなじって思った。定型を守りながら新しくしていくっていうのは、もしかしたら日本人の最も得意なものかもしれない。島国ってこともあるかもね。

飲み過ぎて入院

三國 そもそもお友達になったのはどういう経緯なんですか。

正木 仕事で一緒になったんですよ。ウェルフェアっていうチャンネルで、短歌の番組と俳句の番組ができるっていうんで。ケーブルテレビ。角川の仕事で、そのとき初めてよね。

小島 あっそうだそうだ。

三國 いつのことですか?

正木 あれは平成十二年? 十一年? 十年。

小島 たしかね、一九九八、九九年じゃなかった?

三國 平成十年は一九九八年です。

小島 じゃそのぐらい。そっか、そうするとまだ三、四年? 知り合って。

正木 平成十年って五年前じゃない。計算できない?(笑)

小島 もう五年? そういえばそんなに長くはないんだねえ。

正木 回数だって、三回目か四回目ぐらいじゃない? そんなことないか。五、六回?

三國 お仕事で一緒というのは、ケーブルテレビだけなんですか。

正木 ええ、でも一緒っていっても、顔合わせただけなんです。打ち合わせで。

小島 で、NHK歌壇で一度来ていただいて。でも密なんですよね、何だかね。

三國 よくお会いになりますか?

正木 そんなことない。

小島 忙しいから、お互い。ごくたまにしか会わないね。

正木 何でもなくて会ったのは一度ぐらいよね。ギョーザ食べたときね。NHKの番組の後のときは、二人で飲んだくれて、翌日小島さんが入院したの。

小島 そう(笑)。だってすごい酒豪なんだもの。一緒に飲んでたら、とにかくもう話合うし楽しいしね。何か二人の世界にのめりこんじゃったんだよね。そしたらもう時間も忘れ、正体もなくし。番組からもらった花束も二人とも店に忘れ。それでよたよた帰ってきて。翌日ねえ、雑誌の写真撮るのがあったのにねえ、ふらふらでね、でも偉いのは、自分はプロだなって思いましたけど、行ったのよ。黒い袋持ってげえげえ吐きながら、それでもちゃんと行ってね。写真撮って、しゃべりもして、スタッフの人と駅で別れた直後、ふわあーっって、駅員さんとそこに居た人に助けられて、そのまま病院へ直行で。一日入院。

三國 それは大変でしたね。

小島 うん。この人のせいだ。

正木 わはは。

小島 そしてそのこと言ったらね、全然けろっとして、あらそうだったのって。

正木 笑っちゃうでしょ、だって。お酒飲んで入院するのって疲れてたのね、たぶん。忙しくてね。で、歌集にちゃんと入院の歌が、親に怒られたって歌があるの（笑）。

小島　そうそう（笑）。でもあのときは面白かったよね。

三國　そんなにお飲みになるんですか。

正木　そんなことないですよ別に。

小島　いや、お飲みになる。

正木　私そんなに、皆さんが言うほど飲まない。私と飲むと他の人が飲みすぎるってことなんじゃない、もしかして。

小島　そうかもしれない。あのねえ、何か面白いんだよね。どんどん異様な本音の世界に…。

正木　あの、入院した方はこの方だけじゃないんですよ（笑）。

小島　いやだ。怖い人だねえ（笑）。

正木　死にかけた人もいたのよ。

小島　何てやつだ。でも不思議なことに、ジャンルは隣なんだけど、思ってることはすごく近いしね、感覚的なこととかはね。もちろん歌人の友達もいますけど、歌人の友達とはまた一つ違うっていうか。

正木　頭いい人多いでしょ、歌人は。

小島　いや、俳句も頭いい人多くない？

正木　そう？　誰？　頭いい人って誰かいる？

小島　だって長谷川櫂さんも頭よさそうだし。

正木　長谷川さんは特殊。歌人ってなんだか頭よさそう。

小島　いや、頭へん（笑）。

正木　文科系理科系で言えば、短歌の人は文科系じゃない？俳句は理科系なの。やっぱり理科系より文科系の方が頭よくない？

小島　逆じゃないの？　理科系の方が頭いいよね。

正木　良さが違う。教養があるのはやっぱり文科系じゃない。

小島　でも頭切れるってのは理科系でしょう。

正木　切れるのはいいのと違うから。私は理科系だと思う。文科系は得意じゃなかった。数学が好きだった。

小島　だからほら、天体の空間的な把握ができるのよ。

正木　直感的なのよ、俳句の方が。

小島　そう。分かった分かった。さっきの説明が、何でこの人にそんなことが分かるんだろうって思ったけど。

正木　それって、動物だってわかるでしょ、そんなの。何でわからないの（笑）。

小島　だって空間把握だもの。空間把握のできないものは方向オンチなの。

三國　女性はわりと苦手らしいですよ。

小島　絶対苦手ですよ。うちの夫がよく言うんだけど、外科のお医者さんに男が多いっていうのは、単に体力の問題だけじゃなくって、手術するときは空間把握ができないとだめだからって。位置関係が。すごく優秀な女医さんでも、頑張ってやっても脱落する人が多いんだって。空間把握が苦手だから。なるほどって思ってねえ。不思議なことだけど。でもその、いいですよ、友人はね。

正木　あんまり会わなくてもね。

小島　だっていきなり電話してきて、すごい久しぶりなのに、「桃いる?」とかっていきなり言うんだもん（笑）。
正木　うちに、ダブって送ってきたので。
小島　桃いる？　って。いらないんなら言いなさいって（笑）。
正木　すぐに送らないといけないじゃない、傷んじゃうから。いますぐっていう感じで。
小島　それで、正木さんの方が多少お姉さんだから、桃いるとかっていわれて、あっいりますって。そんな感じ。でもどちらかっていったら、感じてることは同じでも、性格はわりと違う。そこがまたいいのかもしれない。とても魅力を感じる。
正木　どんなふうに違う？
小島　だって勝ち気だもん。
正木　ええーっ？　勝ち気？
小島　うん。勝ち気っていうか、割と言えるよね、自分の思った通りっていうか。
正木　いや、私みたいに遠慮深い…（笑）。
小島　嘘（笑）。
正木　あのね。私すごい長生きするってみんなに言われるの。ものすごい心外なのよ。それって。いまびっくりした、勝ち気だの、思ったこと言えるだの、自分じゃ全然そう思ってないから。
小島　自分じゃ遠慮深いと思ってる？
正木　思ってる。もう堪え忍んで生きてる。
小島　うふふふ。

正木　ええー。どうして笑うの？　みんなそこで。
三國　私は知りませんけど。
小島　ええー。ええー。なんかもう。
正木　この前ね、私六十まで生きるかしらねって言ったら、夫がブーって吹きだしたのよ。
小島　八十ぐらいまで完全に生きるよ。
正木　みなさんそうおっしゃるのよ。
三國　ずうずうしい方に限って…
正木　だれもずうずうしいなんて言ってないでしょう。
三國　そういう人に限って自分では慎み深いって思ってるんですよね。一般論ですけどね。
小島　わははは！
正木　だれもずうずうしいって言ってないのに。
小島　そうそう、あのねえ、正木さんはね、ずうずうしくて長生きする。私はおめでたくて長生きするの。…そうなんだ、自分では遠慮深いと思っていたんだ。へえー知らなかったー。
正木　あとほら、小島さんも私も、割と家庭的よね…って言っちゃいけない？
小島　へっ？　ちょっと待って（爆笑）認識が違う。どこが家庭的なの。
正木　じゃもういい、この話。
小島　誰も思ってないよ。なんかねえ、私は、性格が違うからとてもいいと思ってるのに、いま聞くと彼女は似てるからいいと思ってるらしいんだよね。変だよねえ。

正木　おめでたいとこが似てるから。
小島　おめでたいとこは似てるけど。でも私…
正木　あとほら、お互い家庭的だしって思ってたの。
小島　いや、家庭的なのは私だけで。慎み深いのも私だけで。
三國　これで友情がこわれたらどうしましょうね。
正木　ひどい、いまの言い方。慎み深いのは私だけだって。
小島　へえー知らなかった。ふうーん。そっか。
正木　この前ね、朝日の埼玉版のインタビューがあったのね。で、私は生活を大事にしてるって言ったのね。そしたら、主婦業に精出してるみたいに書いてあったの。
小島　それは違うよね、ちょっと。
正木　日常生活をとても大事にしてるって言ったら、主婦業を大事にしてるって書かれたのね。うちの夫がムッとしてたわ。
小島　んなわけないって。ねえ。でもその生活を大事にしてるってのは何となくわかる。

天とつながる

正木　短詩型ってそういうの大事じゃない？　何でだろうね。でも一方で放浪という一面があるわね。こんど四月に善光寺で、放浪の俳人っていうシンポジウムがあるんだけど。旅という意味では芭蕉とか。それと比べることはないけど。
小島　現代俳句をいちばん、ある意味では高いレベルで走っているように見える正木さんにとって、芭蕉っていうのはどういう存在？　俳句の人ってやたら芭蕉芭蕉っておっしゃるでしょう。
正木　この前、筑紫磐井さんが面白いこと書いてたの。現代俳句には虚子は必要だけど芭蕉は必要ないって。私それ案外当たってると思った。現代俳句って何かしら突然変異なのよ。
小島　どういう意味で？　だって芭蕉ってとてもシュールでしょう。
正木　でもどこか現代俳句とは違う。そこのとこはうまく言えないの。
小島　それはさっき言った生活ってこととかかわるのかな。
正木　私、近世に興味がなかったの。藤田真一さんってしってる？　蕪村の研究家の。その方と知り合いなの。それで、あの方は現代俳句に疎いのね。私は近世に疎いから、ちょうど良かったたって言って、共同で何かできればって言ってるんだけど。とにかく現代俳句と近世俳句には案外懸け橋がないのよ。藤田さんもそう言うの。ないって。
小島　…っていうことは、伝統っていうのは、どういうことになっちゃうの？
正木　だから形式としてね。形式としての伝統はあるけど、中身が変わってるし、とくに虚子、花鳥諷詠とか客観写生とか、そういう発想はないでしょ、近世には。季語はあるけど。そういう発想は、虚子から生まれた突然変異だと思う。虚子は客観写生とか花鳥諷詠って言ったけど、そのことでひょうたんから駒が出るように、何か別のものが俳句に付け加わったと思う。何か実存的な体験、自然の中での実存的な体験が句になるというような、散文的じゃない体験が句になるっていうのは、現代俳句の特徴じゃないかって思うの。近世にそれを感じないんだけど、私は。感じる？　これはすごい微妙。

小島 近世の短歌っていうのはまた全然違うんですよね。

正木 つまり近世俳句と近代俳句とは、人が言うほどつながってないってことを言ったのよね。

小島 そう、それは実存的な何か、ニューエイジの感覚っていうのが、自分の中に…

正木 あったわけ。で、そういう自分の人生に対する興味があって、俳句は全然別にやってたんだけど、俳句の形式の持ってる飛躍するという力と、ニューエイジ的な重層的な世界観っていうのが、結び付くんじゃないかと思ってやってきた。

小島 何か自分の中で兆すものが形になるのに、十年ぐらいかかるよね。俳句はとっても重層的、短歌は俳句より長いけど、入れ子的。

正木 重層的なのは形式がそうだから。切れるでしょう。

小島 切れるけど、影があるじゃない。飛躍したところに影が残るのよね。かけ離れた時間を、同時に表現できるのが俳句。短歌は下の句の七七を言う間に同時性がそれてしまう。

正木 似てるけど全然違うんだよね。

小島 なぜ短歌を、あるいは俳句を選んだかは、偶然なのよね。天が与えたから。短歌や俳句との出合いに限らず、人の力を超えた大きな存在があるってやっぱり思う。人間はいろんな欲望があるけど、本当に好きなものと一回だけ、人生のどこかで出合うんじゃないかな。私たちは割合早く出合ったけど。

正木 漠然と生きるのでなく、芯になるものがあって、幸せですよね。何でも反映できるから。しかもそれで仕事ができる。

小島 ラッキーですよね。

正木 小島さんは作品を書くのと、エッセイ、評論、教える、全部やってるよね。

小島 教えるのはマニュアルではなくて、喜びを共有する時間になったらいいと思う。だけど、最高にときめくのは作る時だよね。

正木 苦しくない？

小島 苦しいけど、ときめく。読む喜びはゆるやかな波、作る喜びは突出するうねりがあるよね。

正木 天とつながるんだよね。

小島 いいんじゃない、こんなんで。これからも、友人ですけど、作者として尊敬する大ファンなので、よろしくお願いします。

正木 いやもう、こちらこそよろしくお願いします。

（熊本日日新聞　二〇〇三年三月二十八日付）

自然さを感じさせる

大岡　信

小島さんは歌人としては、若い四十四歳の女性でエネルギーが体に満ちあふれている。彼女の年代らしい歌が素直に、すんなりと口をついて出てくるように、つづられている。面白い言葉遣いの歌が多い。

「月ひと夜ふた夜満ちつつ厨房にむりッむりッとたまねぎ芽吹く」などの歌に見られるように擬態語を無理なく使っている。それは、この世代の女性の特徴だが、小島さんの場合は違和感なく、自然さを感じさせる。他者に責められても、パッと切り返すユーモアの持ち主であることが作品を通して分かる。

新感覚の言葉無理なく

岡野弘彦

最近は、男性よりも女性の方が、活気を持って歌をつくっている。数年前からかねがね、女性の受賞者が出てきてほしいという声はあった。今回の小島さんの受賞は妥当だといえる。

小島さんの『希望』は前作『獅子座流星群』よりも、気持ちを楽にして歌っている。そのおかげで、作品に伸びやかさが生まれており、彼女が持っている人柄、歌柄の明るさが作品ににじみ出ている。

彼女の歌には、クラシックな言葉を巧みに現代短歌の中に生かし、女性ならではの新鮮な感覚を表現したものが多い。かと思えば「ふかいふかあい」「むりッむりッ」というような新しい感覚の言葉も無理なく取り込んでいる。これから幅の広い歌人になっていく予感がする。

人間を肯定する形

馬場あき子

小島さんが歌壇に登場したとき、感覚的な透明感のある歌で、新鮮な印象を受けた。後に、日常的な事柄、殊にさまつ、わい雑な事柄に生きてゆく上での重さがあると気付く。それらに重要な位置を与えていくが、最初から持っていた詩的な透明感は失わずに作品に仕立て、特異な美しさを持つ人だ。

「思春期はものおもふ春　靴下の丈を上げたり下げたりしをり」。小島さんは靴下の上げ下げに少女の物思いがこもっている、と非常に優しい見方をする。風俗そのものを、人間を肯定する形ですくい上げる。作品全体には人間の内面の暗さを深さとしてみる方向がずっと一貫している。

困難にも明るさ失わず

伊藤一彦

小島さんは新鮮な感性、みずみずしい表現力で歌ってきた歌人、世紀末的な難問を日本も世界も抱えたこの時に、あえて「希望」というストレートなタイトルの歌集を出すこと自体、この人の明るさや伸びやかさが端的に表れている。

表題作「希望ありかつては虹を待つ空にいまはその虹消えたる空に」。たしかに戦後のわれわれは、にじを夢見ながら一生懸命生きてきた。しかしもはやそのにじは消え、新しいにじを見ることができるのかどうか—。「にじの消えた空に希望あり」という新しい世代の、困難な状況でも絶望せず、安易な希望は持たず、肩の力を抜いて家族や友人と生きていくという世界が、すばらしい。

牧水の眼

澄み渡る自然への憧れ

海がライバル

小島ゆかり

「あの澄んだ眼《め》の持ち主に悪い人の居るはずはないと思ったから」

若山喜志子さんは、牧水と結婚した理由をこう語ったそうだ。

たった一度だけご長男の旅人さんにお目にかかったとき、雑談の折にそのことを伺った。旅人さんが大人になってからの話だという。（『明日にひと筆』という文章に書かれていらしたことは後になって知った）それ以来、この言葉がなぜか忘れられなくなった。旅人さんが亡くなられたことを知ったときも、このたびの賞の報せを受けたときも、驚きが静まってぼんやりした心に、なんとなくこの言葉が思い浮かんだ。

あの澄んだ眼…、牧水はどんな眼をしていたのだろう。写真で見る限り、特別の美男子というほどではない（ごめんなさい）。だから喜志子さんの言うその眼の澄み方は、牧水の心の働きに起因するものなのだろう。
そこで私は、今回与えられた三回のスペースを費やして、牧水らしい眼差《まなざ》しの行方を追ってみたいと思う。まず、大きな自然に向かう歌を見てみよう。

ともすれば君口無しになりたまふ海な眺めそ海にとられむ
『海の声』

恋人小枝子と、房総半島の根本海岸に滞在したときの作品。一首の中心にあるのは恋愛の情感であるが、下句の海への眼差しには独特の思い入れがある。〈君かりにかのわだつみに思はれて言ひよられなばいかにしたまふ〉と合わせて読めば、牧水はこともあろうに恋のライバルとして海に恐れを抱いている。言い寄っているのは自分じゃないかと言いたいところだが、牧水の心は実に純粋でひたむきである。

この歌が作られてからほぼ五十年後、寺山修司は〈海を知らぬ少女の前に麦藁帽のわれは両手をひろげていたり〉と歌った。まだ海を知らない少女に、海はこんなに大きいんだよと両手を広げて見せるとの鑑賞が一般的だが、ここで私が興味をもっているもう一つの解釈がある。それは、海を知らない少女がもし海を知ったら、海の圧倒的な魅力の前で、少年は自分の存在はたちまちちっぽけなものになってしまうから、少年は少女に海を見せまいとして通せんぼする、というもの。

するとどうだろう、恋人と海と自分との三角関係において、牧水の歌と修司の歌はたいへん似ていることになる。しかし似ていながらどこかが違う。祈るように恋人を見つめる牧水と通せんぼする修司。幼少期にすでに深い心の傷を負った修司の、少年ながらに屈折した心を思わせる行動に対して、見つめるだけの牧水の眼差しは、切なく優しく澄み渡っている。

日が歩むかの弓形《ゆみなり》の蒼空《あをぞら》の青ひとすぢのみち高きかな
『海の声』

山越えて空わたりゆく遠鳴《とほなり》の風ある日なり山ざくら花

蒼空を弓形に歩んでゆく日、また遠鳴りの風ある空をはるばると渡ってゆく山桜の群花。（二首目は馬場あき子さんが示した二句切れの読み方に共感する）いずれも牧水らしい自然への親近感と憧れが、大きなうねりあるリズムによって歌われている。

先の海の歌を含めて、大きな自然に向かうとき、眼差しを遠くするとき、牧水はもっとも豊かに呼吸する歌人なのである。

空虚感誘う淋しい笑い

猿がわらへば

牧水の眼《め》について思いをめぐらせていると、おのずから、私自身の眼にも意識的になる。眼は心の窓というが、確かに、体調よろしく気力が充実している日は、自分で言うのもなんだが、鏡の中の眼がスキッとした感じであり、逆に、ひどく疲れていたり気持ちが落ち込んでいる日は、鏡の中の眼もどんよりとしている。

しかし不思議なことに、牧水のどんよりした眼というのは想像しにくい。たとえば、与謝野晶子は非常にパワフルな女性であるが、ドラマティックな人生の折々に人知れずどんよりしていたことを思わせる作品がある。斎藤茂吉はむしろどんよりを負のエネルギーとして爆発させた天才だ。石川啄木はどんよりを感傷に変えてイメージカラーにした人と言える。こう考えていくと、どんよりから遠い近代の歌人は北原白秋と牧水。そして、眼の透明度に焦点を当てれば、やはり牧水。

「あの澄んだ眼」という喜志子さんの言葉は、愛する人を直観的に語ってしかも本質に届いていたと、改めて思う。

今回は、人間に向かう歌を見てみよう。前回ご紹介した大きな自然に向かう秀歌が、多く青春期に作られているのに対し、人間に向かう歌は、長い苦しい恋愛が終局を迎える青春後期から数が増してくる。

街を行きこともなげなる家家のなりはひを見て瞳
おびゆる　『路上』

秋の入日、猿がわらへばわれ笑ふ、となりの知らぬ人もわらへる　『死か芸術か』

一首目はあまり取り上げられることのない歌であるが、牧水の人間像を考えるとき非常に大切なところが見えてくる。何事もないような家々の生活の様を見て、その「こともなげなる」ゆえに「瞳おびゆる」という。それはたぶん、普通の平穏な生活から遠い牧水自身へのおびえでもあるだろう。

この歌の背後にはもちろん、恋人との間に生まれた子供の問題を含め、恋愛の結末をまことに苦い形で迎えなければならなかった心の暗黒がある。が、それと同時に、生涯生業をもたず旅を好んだ牧水の、なにか奥深い精神のおののきが秘められているように私には思われる。

二首目の笑いも淋しくて恐い。ごく近くに見える見知らぬ人の笑いは、猿の笑いや自分の笑いと呼応しつつ、ひととき共有する生の時間を寒くするような空虚感を誘い、ここでも牧水はおびえた眼をしている。

とりわけて夕日よくさす古家《ふるいへ》の西の窓辺は父のよく居るところ　『みなかみ』

われを《を》恨み罵《ののし》りしはてに噤《つぐ》みたる母のくちもとにひとつの歯もなき

年老いた両親を歌った作品にも、肉親ゆえの哀憐を見せながら、どこか先の二首に通うおびえの感情が滲《にじ》む。牧水には母恋の美しい歌がいくつもあるが、この二首目の母の存在はリアルで悲しい力に満ちている。

先生のあたまの禿《はげ》もたふとけれ此処《ここ》に死なむと教ふるならめ　『山桜の歌』

旅の途中たまたま通りかかった寒村の小学校の風景を、幼少時の回想と重ねて歌った連作中の一首。禿頭をこんなにも懐かしく大切に表現した歌を私はほかに知らない。

人間に向かうとき、牧水は常におびえにも似た悲しい優しい表情を見せる歌人なのである。

草に寝転び同じ世界に

生き物との交流

連載の最後になる今回は、動物や植物に向かう歌を見てみよう。

　枯草にわが寝て居ればあそばむと来て顔のぞき眼をのぞく犬　『路上』

犬が好きな私には堪《こた》えられない一首。この歌を思い出すたびに、犬の顔が真上に見えてなんともいえずうれしい気持ちになる。

　ところで、牧水は実によく草に寝る人である。青草に寝たり枯草に寝たり、季節を問わずやたらに草に寝転ぶ。（どこもかしこも立ち入り禁止の現代だったら、さぞストレスがたまったことだろう）そして草に寝転ぶと、犬がのぞきに来たり、赤とんぼが来てものを言ったり、また秋草の花が「ほろびしものはなつかしきかな」なんてしみじみと語ったりするのである。

　角《つの》もなく眼なき数十《すじふ》の黒牛にまじりて行かばややなぐさまむ　『独り歌へる』

　春の木は水気《すゐき》ゆたかに鉈切《なたぎ》れのよしといふなり春の木を伐る　『みなかみ』

　信濃なる梅漬うましかりかりと嚙めば音してなまのままの梅　『黒松』

一首目は、もし角も眼も無い真っ黒いかたまりである黒牛の群れに交じってのそりのそりと行ったなら、少しは心が慰められるだろう、という空想の歌。そんな黒い怪しい群行に交じる方がよほど恐ろしいと思うが、モノトーンのイメージの中で、上句から下句へしだいに箍《たが》が緩んでゆくようなリズムで歌われると、確かに変な安堵感がやって来るから不思議だ。

悲しい恋が終わり青春が終わり、喜志子さんを得た牧水に、今度は、父亡き後の家の後継ぎとして身の決断を迫られる苦悩が始まる。

二首目はそのただ中の郷里滞在中の歌。思い立って春のひと日、村人たちとともに山で木を伐る。前後には慣れない労働で指にマメができたり、村の娘たちからちょっと性的な話題が出て驚いたり、いろいろな場面が描かれ、煩悶の内にあっても、山でのひととき、心が自由に動いていることがわかる。この春の木のように水気ゆたかな一首である。

三首目は、旅で出会った信濃の梅漬。これは本当においしそう。植物というより食べ物というべきだろうか。が、なんとも心地よいリズムを繰り返し味わってみると、やはり信濃で出会った梅の実へのこの上もない慈しみの情が感じられる。結句「なまのままの梅」は、衒《てら》いのないままの言葉である。

芹《せり》の葉の茂みがうへに登りゐてこれの小蟹《こがに》はものたべてをり　『黒松』

歌ノートの最後に記された一首。晩年の牧水は、病のために大好きな酒を我慢したりこっそり飲んだり、子供のように途方に暮れている歌が独特の情緒をもつが、一方で、小さな生き物との細やかな交流にもいい歌がたくさんある。

草に寝る牧水は、自然《じねん》の生を生きる動物や植物たちと同じ世界に棲《す》む者のようだ。それゆえ、動物や植物に向かうとき、牧水はもっとも自然体の懐かしい眼差しを見せる歌人なのである。

膨大な作品群の中から、牧水的な眼差しを追ってささやかな文章を書いてきたが、改めて気づいたことがある。牧水には、憎しみの歌、恨みの歌、批判の歌がほとんどない。このことがすなわち、「あの澄んだ眼」の正体なのだろうと、私は思う。

（二〇〇一年2・6～8　宮崎日日新聞）

著書解題

大松達知

【歌集】

第一歌集『**水陽炎**』

・昭和六二（一九八七）年三月一〇日　石川書房刊

・一六二ページ　四六版カバー装

・定価二三〇〇円

・一九七九年から一九八六年の三八五首。

・「ふり返ってみますと、いかにも平凡な歩みではありますが、こうした平凡な歩みであったことを私自身はとても大切に思っておりますし、また、だからこそその時々に短歌作品として留めておきたい〈私〉があったとも言えます。」

第二歌集『**月光公園**』

・平成四（一九九二）年五月二〇日　雁書館刊

・一五二ページ　四六版カバー装

・定価二二〇〇円

・一九八七年春から一九九一年冬までの三四九首。

・「世界が動き、時代が動き、現代短歌も大きく動いたこの五年間、私自身は、ひたすら生活の現実と対き合うばかりでしたが、自分一人世の中からとり残されていってしまうよ

うな不安感の一方で、私が私であることの不思議をふかく覗き込んだ時期でもありました。」

第三歌集『ヘブライ暦』

・平成八（一九九六）年六月一〇日
短歌新聞社刊
・一一四ページ　四六版カバー装
・定価一八〇〇円
・一九九一年か冬から一九九四年秋までの二七八首。
・「アメリカ東海岸ボルチモア郊外で暮らした約二年間は、さまざま

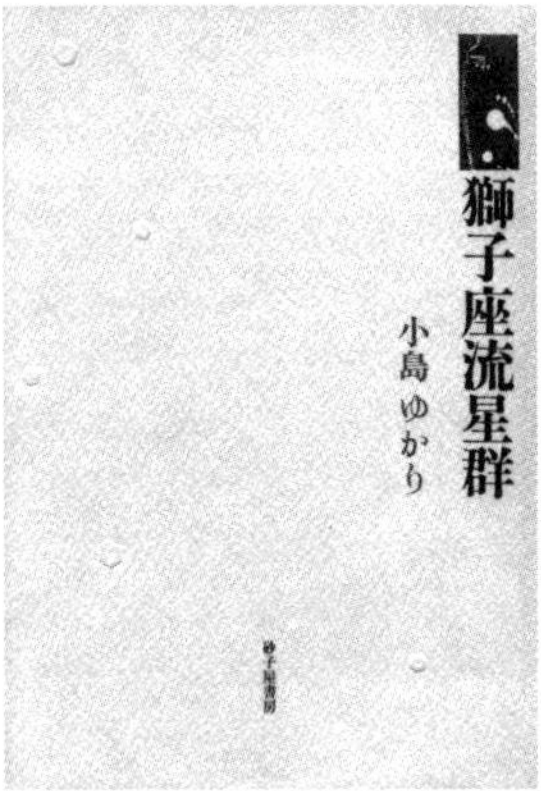

に豊かなものを私にもたらしてくれた。」「自由や平等や未来や、世界と個人のこと。日本にいたときにはちょっと気恥ずかしくなってしまうようなことを、けっこう真剣に考えたりもした。」
・第七回河野愛子賞受賞。

第四歌集『獅子座流星群』

・平成十（一九九八）年六月一日
砂子屋書房刊
・二二六ページ　A5版カバー装
・定価三一五〇円
・一九九四年夏から一九九七年冬ま

での五〇〇首。
・「私的な感覚と人間臭い感傷との間を往復しながら、また、表現の美への憧れとそこからはみだしてゆこうとする猥雑なエネルギーとの間を揺れながら、なぜか、裸で水中を泳ぐような喜びを感じた。」

第五歌集『希望』

・平成十二（二〇〇〇）年九月二三日　雁書館刊
・一八〇ページ　四六版カバー装
・定価二六二五円
・一九九八年四月から二〇〇〇年四

月までの四一一首。
・「できるだけ自然な日本語で、できるだけ平明な表現で、できるだけ体になじむリズムで歌を作りたいと思うようになった。」「それは、リアルタイムの文芸という地点から見れば一歩も二歩も後退することかもしれない。それでもいいと思う。日本語がどんどん壊れてゆく現代へのかすかな抵抗として、今はここから歩み直したいと思う。」
・第五回若山牧水賞受賞。

第六歌集『エトピリカ』

・平成一四（二〇〇二）年九月一日　短歌研究社刊
・二〇八ページ　四六版カバー装
・定価二五〇〇円
・二〇〇〇年五月から二〇〇一年九月初めまでの三四〇首。
・「生きることも歌うことも、淋しくて懐かしいことだと思うから、淋しくて懐かしいものたちを、私は愛する。」

第七歌集『憂春』

・平成一七（二〇〇五）年一二月一日　角川書店刊

・二二三ページ　四六版カバー装
・定価二七〇〇円
・二〇〇一年九月から二〇〇五年一月までの五四一首（長歌一首、旋頭歌一首を含む）。
・三つのテーマ制作を含む。
「四十五歳から四十八歳にあたるこの時期は、思春期青春期にさしかかる娘たちをめぐる思いも、ますますわからなくなる歌をめぐる思いも、そしてわたし自身をめぐる思いも、なにか言いがたい憂いに包まれた日々でした。」
・第四〇回迢空賞受賞。

第八歌集『ごく自然なる愛』

・平成一九（二〇〇七）年一二月三〇日　柊書房刊
・一九五ページ　四六版カバー装
・定価二七〇〇円
・二〇〇四年後半から二〇〇七年前半の四八三首（長歌一首、反歌二首を含む）。
・「タイトルはこの一首（糞をする犬をつつめる陽のやうなごく自然なる愛はむづかし）からとりました。いい歌かどうかわかりませんが、五十代に入ったいまの自分の気持ちが、いちばん正直に表われているように思い、タイトルにしました。」

第九歌集『折からの雨』

・平成二〇（二〇〇八）年一一月三日　本阿弥書店刊
・一八三ページ　四六版カバー装
・定価二六二五円
・「第一章　折からの雨」は、「歌壇」二〇〇六年一月号〜一二月号の連載からの三一〇首。「第二章　時知らずの風」は、季刊「現代短歌　雁」六一号〜六六号の連載からの一六三首。合計四七三首。
・「もともと気象に関する言葉に興味がありましたので、ほぼ同時期に二つの連載の場をいただいたとき、すぐにこのテーマが頭に浮かびました。調べたり想像したりする時間は本当に楽しく、しかし、言葉への興味を超えた、自分自身の歌にするための難しさも痛感しました。」

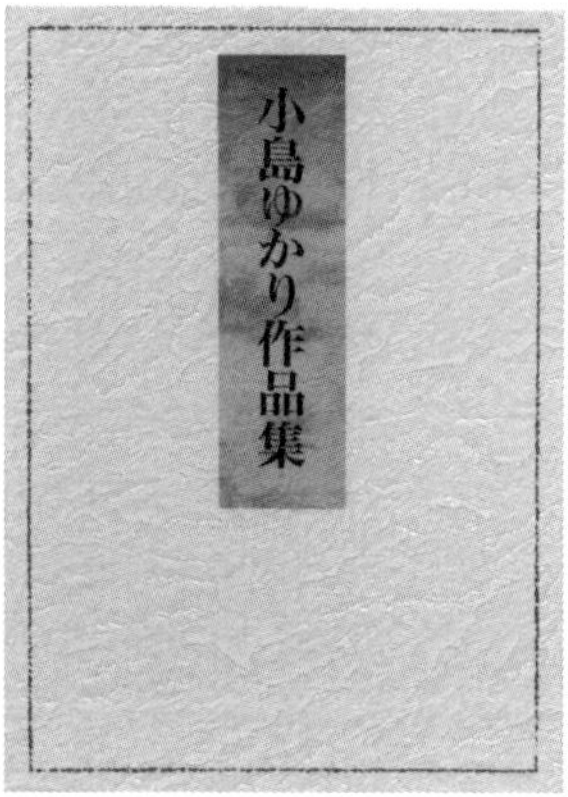

第十歌集『さくら』

・平成二二（二〇一〇）年三月二五日　砂子屋書房刊

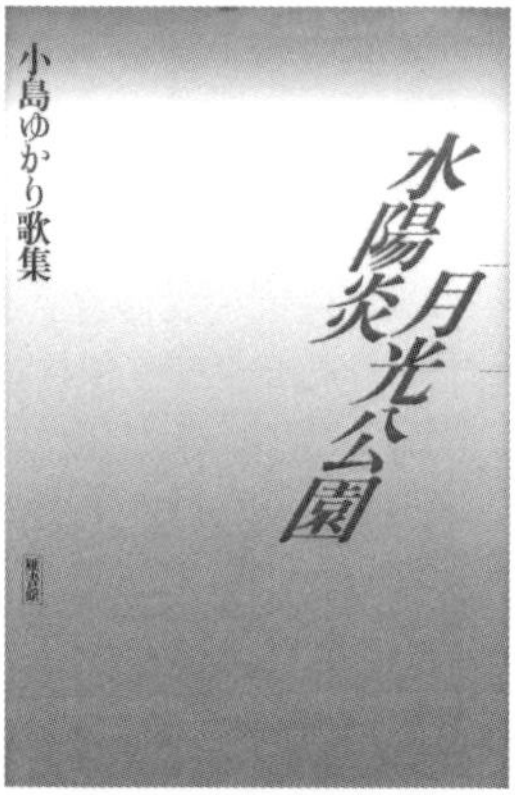

・一九七ページ　四六版カバー装
・定価二九四〇円
・二〇〇七年後半から二〇〇九年までの四七〇首。
・「歌集後半の時期はとりわけ、鬱病と認知症の父の歌ばかり詠み、もうそれ以外の歌はできないのではないかという恐怖を繰り返し味わいましたが、それでも、歌を作ることがわたしに新しい気力をもたらしてくれました。このなかの何首かでも、介護の歌ではなく愛の歌として読んでいただけることがあったら、歌もわたしも幸せに思います。」

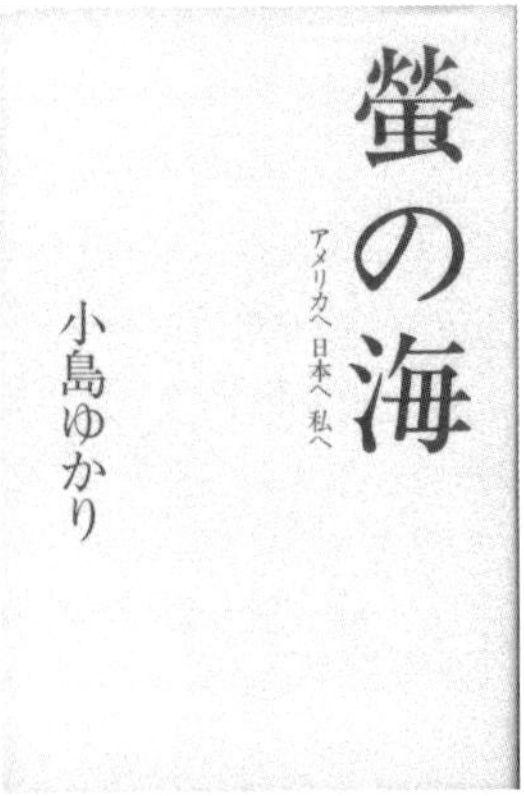

『小島ゆかり作品集』
・平成一七（二〇〇五）年一一月三〇日　柊書房刊
・四四一ページ
・定価五七〇〇円
・『水陽炎』から『エトピリカ』までの六冊の歌集を収録。一ページ八首組。初句、四句索引あり。吉川宏志解説。

『2 in 1シリーズ　水陽炎・月光公園完本収録』
・平成八（一九九六）年十月十日

雁書館刊
・一六〇ページ
・定価二五〇〇円
・高野公彦解説

【散文集】

『蛍の海』
・平成一一（一九九九）年一一月三〇日　本阿弥書房刊
・二五五ページ　四六版ソフトカバー
・定価一九九五円
・アメリカでの研究のために職を辞

した夫を「いかにも彼らしい非常識な、そして彼らしい清潔な選択だと思った。」と肯う。一九九三年一月から二年間、五歳と三歳の子供とともにアメリカ東海岸で暮らした二年間とそして帰国後の二年間。「苦しく不安な日々の中にあってそれでも時にきらりきらりと輝いた、私と家族の歳月」という時期のエッセイ集。

『うたの観覧車』

・平成一五（二〇〇三）年五月三〇日　柊書房刊

・二一二ページ　四六版ハードカバー

・定価二一〇〇円

・一首鑑賞を中心にしながら、そのときどきの幅広い興味を生き生きとした筆致で描く。笑いあり涙あり、著者ならではの温かな目線で描かれた短歌鑑賞エッセイ。

『高野公彦の歌』（現代歌人の世界14）

・平成一八（二〇〇六）年九月一日　雁書館刊

・一五二ページ　四六版ハードカバー

・定価二五二〇円

・『水木』から『渾円球』までの十冊の歌集から百首を選び鑑賞を加えたもの。古典や俳句など、さまざまな資料を著者の幅広い知見と推察で結びつけ鑑賞した高野公彦論。

『吟行入門　私の武蔵野探勝』（深見けん二との共著）

・平成一五（二〇〇三）年十月二〇日　NHK出版刊

・二〇六ページ

・定価一三六五円

・俳人・深見けん二氏と二年間二四回にわたり吟行をともにし、教えを乞うた本。俳句の実作を添削してもらいながらの二人の楽しく知的なデートを味わえる。「NHK俳壇」テキスト連載。

小島ゆかり自筆年譜

一九五六（昭和三十一）年

九月一日、愛知県名古屋市に生まれる。父母との三人家族。隣家の叔父一家は家族同然、一歳年長の従兄とは兄妹のようにして育つ。二軒は庭続きで、代替わりしつつ犬六匹、猫一匹。

一九六三（昭和三十八）年　七歳

名古屋市立川原小学校入学。桜の名所である山崎川のほとりののどかな学校だった。小さいころは内向的な子どもだったが、小三でソフトボール部に入って以来、球技や外遊びに熱中。また、小四でガールスカウトに入団、奉仕活動はともかく、グループでの山歩きやキャンプの楽しさを知る。

一九六九（昭和四十四）年　十三歳

名古屋市立川名中学校入学。バスケットボール部に熱中。体ばかり鍛えて幼稚な中学生だった。中二のころは特におてんばで、盛んにいたずらをして廊下に立たされたりした。

一九七二（昭和四十七）年　十六歳

愛知県立旭ヶ丘高等学校入学。男子生徒が八割を占める進学校であったが、自由で型破りな校風。バレーボール部に熱中したが、高二の時、原因不明の体調不良で休部して以来、やや内向的になる。半年ほどで回復。

一九七五（昭和五十）年　十九歳

早稲田大学第一文学部に入学。離郷の寂しさに加え、マンモス大学でたびたび教室を間違えるなど、孤独感とコンプレックスに悩む。球技愛好会に参加。

一九七七（昭和五十二）年　二十一歳

日本文学科に進む。勉強もせず本も読まず、将来への夢や展望の何もない自分に気づき、さらにコンプレックスのかたまりとなる。猛然と読書をはじめ、しだいに韻文に興味を覚える。八月、友人と東北・北海道を旅行し、はじめて短歌数首を作る。十月、大学内の短歌サークルで、武川忠一先生の指導を受けるようになる。このサークルで、島田修三さん、内藤明さんらと知り合う。宮柊二の第四歌集『晩夏』を読み、瞠目し、感銘を受ける。

一九七八（昭和五十三）年　二十二歳

コスモス短歌会の若手グループ「桐の

会」に加わり、十月、コスモス短歌会入会。初の投稿で特選六首に選ばれ勇気を与えられる。

一九七九（昭和五十四）年　二十三歳

早稲田大学卒業。四月、中部日本放送入社、秘書部勤務。当時、番組審議委員に岡井隆さんがいらした。

一九八一（昭和五十六）年　二十五歳

三月、中部日本放送退社。九月より愛知県立美術館勤務。県立文化会館の同好会で、テニスやスキーに熱中する。

一九八二（昭和五十七）年　二十六歳

五月、コスモス新人賞「桐の花賞」受賞。十一月、横井風児と結婚。東京都東久留米市に住む。

のち、東村山市に転居。

一九八五（昭和六十）年　二十九歳

同人誌「桟橋」創刊に参加。奥村晃作さん、高野公彦さんらと知り合う。それまでのいいかげんな作歌態度を思えば、ここが短歌の出発点だった。

一九八六（昭和六十一）年　三十歳

舅の看病のため東京と名古屋を往復する生活になる。八月、長女直子誕生。十二月、宮柊二先生逝去。

一九八七（昭和六十二）年　三十一歳

三月、第一歌集『水陽炎』（石川書房）刊行。五月、舅死去。このころから父が鬱病を患う。

一九八九（平成元）年　三十三歳

三月、次女明子誕生。

一九九一（平成三）年　三十五歳

九月、夫職場を依願退職。以後、生活のために奔走する。

一九九二（平成四）年　三十六歳

三月、第三子を流産。五月、夫単身で渡米。同五月、第二歌集『月光公園』（雁書館）刊行。川野里子、穂村弘、水原紫苑さんらと親しくなる。

一九九三（平成五）年　三十七歳

一月、いよいよ生活に困窮。家財を処分し、二児を連れて渡米。夫の暮らす東海岸メリーランド州ボルチモア郊外で新生活に入る。滞米中、川野里子さんの一家と二家族で旅行する。

一九九四（平成六）年　三十八歳

八月、夫を残して帰国。しばらく、パートやアルバイトを掛け持ちして日々を凌ぐ。

一九九五（平成七）年　三十九歳

次女の小学校入学を機に、五月より東京教育出版社勤務。九月、「コスモス賞」受賞。

一九九六（平成八）年　四十歳

六月、第三歌集『ヘブライ暦』（短歌新聞社）刊行（翌年、第七回河野愛子賞受賞）。十月、『小島ゆかり歌集　水陽炎／月光公園』（雁書館）刊行。

一九九七（平成九）年　四十一歳

勤務地移転のため東京教育出版社退職。調布市市民カレッジをはじめ、カルチャーセンターなどの短歌講師の仕事が増える。

一九九八（平成十）年　四十二歳

コスモス選者・編集委員となる。六月、第四歌集『獅子座流星群』（砂子屋書房）

刊行。

一九九九（平成十一）年　四十三歳

四月、青山学院女子短期大学非常勤講師となる。「ＮＨＫ歌壇」進行役を二年間務める。十一月、エッセイ集『螢の海〜アメリカへ日本へ私へ〜』（本阿弥書店）刊行。

二〇〇〇（平成十二）年　四十四歳

九月、第五歌集『希望』（雁書館）刊行（翌年、第五回若山牧水賞受賞）。

二〇〇一（平成十三）年　四十五歳

夫、十年間の米国生活に区切りをつけて帰国。「婦人之友」生活歌集選者となる。六月、インターネット短歌入門「うたう☆クラブ」（短歌研究）コーチとなる。

二〇〇二（平成十四）年　四十六歳

四月、『短歌入門〜今日よりは明日』（本阿弥書店）刊行。九月、第六歌集『エトピリカ』（短歌研究社）刊行。

二〇〇三（平成十五）年　四十七歳

四月より「ＮＨＫ歌壇」選者を二年間務める。毎日新聞書評委員となる。熊本日日新聞歌壇選者となる。五月、短歌鑑賞エッセイ『うたの観覧車』（柊書房）刊行。十月、俳人深見けん二氏との共著『吟行入門私の武蔵野探勝』（ＮＨＫ出版）刊行。

二〇〇四（平成十六）年　四十八歳

筑紫歌壇賞選考委員となる。辻原登（作家）・長谷川櫂（俳人）との湘南連句はじまる。

二〇〇五（平成十七）年　四十九歳

四月、産経新聞歌壇選者となる。放送文化基金賞審査委員（ラジオ部門）となる。七月、日本野鳥の会会誌「野鳥」短歌投稿欄選者となる。十一月、『小島ゆかり作品集』（柊書房）刊行。十二月、第七歌集『憂春』（角川書店）刊行（翌年、第四十回迢空賞受賞）。

二〇〇六（平成十八）年　五十歳

九月、『高野公彦の歌』（雁書館・現代歌人の世界１４）刊行。

二〇〇七（平成十九）年　五十一歳

四月、『ちびまる子ちゃんの短歌教室』（集英社）刊行。八月、全国高校生短歌大会（短歌甲子園）特別審査員となる。十二月、第八歌集『ごく自然なる愛』（柊書房）刊行。

二〇〇八（平成二十）年　五十二歳

十一月、第九歌集『折からの雨』（本阿弥書店）刊行。

二〇一〇（平成二十二年）　五十四歳

三月、第十歌集『さくら』（砂子屋書房）刊行。五月、中日新聞歌壇選者となる。九月、「抒情文芸」歌壇選者となる。

二〇一一（平成二十三年）　五十五歳

四月、南日本新聞歌壇選者となる。

牧水賞シリーズ既刊紹介

シリーズ牧水賞の歌人たち Vol.1

高野公彦【二刷！】

伊藤一彦監修・津金規雄編集
インタビュー：高野公彦×伊藤一彦
エッセイ：加納重文、高橋順子、坪内稔典
高野公彦論：柏崎驍二、櫻井琢巳、穂村弘
対談：高野公彦×片山由美子
交友録：奥村晃作、影山一男、大松達知
作家論：津金規雄
代表歌三〇〇首選・自歌自注　他

シリーズ牧水賞の歌人たち Vol.2

佐佐木幸綱

伊藤一彦監修・奥田亡羊編集
インタビュー：佐佐木幸綱×伊藤一彦
エッセイ：鎌倉英也、平野啓子、石川錬治郎
佐佐木幸綱論：高柳重信、晋樹隆彦、塚本邦雄、菱川善夫
対談：佐佐木×寺山修司・佐佐木×金子兜太
交友録：馬場あき子、冨士田元彦、小野茂樹
作家論：奥田亡羊
代表歌三〇〇首選・自歌自注　他

シリーズ牧水賞の歌人たち Vol.3

永田和宏

伊藤一彦監修・松村正直編集
インタビュー：永田和宏×伊藤一彦
エッセイ：矢原一郎、樋口覚、柳澤桂子　他
永田和宏論：塚本邦雄
対談：永田和宏×有馬朗人
鼎談：永田和宏×小池光×小高賢
三人の師：片田清、高安国世、市川康夫
作家論：松村正直
代表歌三〇〇首選・自歌自注　他

シリーズ牧水賞の歌人たち Vol.7

河野裕子

伊藤一彦監修・真中朋久編集
インタビュー：河野裕子×伊藤一彦
エッセイ：芳賀徹、天野祐吉、築添純子
河野裕子論：小池光、坪内稔典
対談：河野裕子×吉川宏志
出会った人々：澤瀉久孝、鶴見俊輔、木村敏
作家論：真中朋久
河野裕子の素顔：植田裕子、永田紅、永田和宏
絶筆十一首
代表歌三〇〇首選・自歌自注　他

【編者プロフィール】

大松達知（おおまつ・たつはる）

1970年　東京生まれ
「コスモス」選者・編集委員、「棧橋」同人
歌集に『フリカティブ』（2000）、『スクールナイト』（2005）、『アスタリスク』（2009）。

◆編者とは名ばかりで、全体の枠組みも細かな原稿の選択も、すべて小島さんと永田淳さんにお任せだった。なおかつ、進行の邪魔もしてしまい心苦しいばかり。

　小島さんとは折々に顔を合わせてきたけれど、歌や生活などについてサシで話し合ったことはないし、酔って本音をぶつけ合ったとか殴り合ったという記憶はない。いつもその前向きな笑顔を近くから見ているだけだったかもしれない。

　そういう小島さんの過去と現在がこの一冊で明らかになるのは私としてもうれしい。ここにまとめられた文章やインタビューなどを通して、小島ゆかりという人間の大きさを改めて眩しく見つめるのみである。（大松）

◆小島さんは向日性の塊のような人だ。そんな人がなぜ短歌を作っているのか不思議だったのだが、伊藤さんがインタビューで尋ねておられる。言葉ではうまく表わせないことも多いのだろう。その辺りのこともこの一著から探っていただければ幸いである。このシリーズの当初から伊藤一彦さんには大変お世話になっている、また今回は大松達知さんに多くの煩瑣なお願いをした。小島さんは何事も快く引き受けてくださった。三方に厚く御礼申し上げたい。（永田）

シリーズ牧水賞の歌人たち Vol.6
小島ゆかり
2011年5月28日　初版第一刷発行

監　修　伊藤一彦
編集人　大松達知・永田淳
装　幀　加藤恒彦
発行人　永田淳
発行所　青磁社
〒603-8045 京都市北区上賀茂豊田町40-1
Tel075-705-2838　Fax075-705-2839　振替 00940-2-124224
seijisya@osk3.3web.ne.jp　http://www3.osk.3web.ne.jp/~seijisya/
印刷所　創栄図書印刷

ISBN978-4-86198-176-0 C0095